光文社文庫

目《もっ》下《か》の恋人

辻 仁成

KOBUNSHA

目次 contents

優しい目尻 *A Loving Glance* 9

目下の恋人 *My Current Girlfriend* 29

君と僕のあいだにある *Between the Two of Us* 55

バッドカンパニー *Bad Company* 93

好青年 *A Nice Young Man* 111

偽りの微笑み *A Cheating Smile* 141

青空放し飼い *Wandering under a Blue Sky* 169

王様の裸 *The Naked King* 195

世界の果て *To the End of the Earth* 223

愛という名の報復 *Love's Revenge* 243

解説 高野庸一 265

目下の恋人

一瞬が永遠になるものが恋
永遠が一瞬になるものが愛

優しい目尻

A Loving Glance

　どうも様子がおかしいと思って、俺はバイトに行くのをやめた。この一ヵ月、アカリの奴は俺の顔をまともに見ようとしない。すっきりしたかったので、原因を突き止めることにした。なんかあったのかよ、と訊ねると最初は、別に、とはぐらかされた。

「でもなんかあんだろ。言えよ。怒らないから、言えって」

　アカリが睨み付けてきたので、別れ話でも持ち出されるのじゃないか、と身構えた。

「出来たみたいなんだよね」

「出来たって、何が？」

「子供」

「ほんとかよ」

「だって、生理ないんだもん」

「不順ってこともあるだろ」

「でもずっと規則正しくあったのに、三ヵ月だよ、こなくなってもう三ヵ月。こんなこと今までなかった」

俺はじっとアカリを見つめた。くりくりした目の奥で黒目が挙動不審な動きをしている。真実を覗き込もうと目を凝らすと、ついにアカリは視線を逸《そ》らした。

「判定薬とか売ってんじゃん。リトマス試験紙みたいな奴だよ」

「もう試した」

「試した？　リトマス試験紙みたいな奴で？　で？」

「だから、赤くなったから、出来たってことみたい」

アカリはうなだれている。

「じゃあ、しょうがないじゃん、結婚しようぜ」

少し考えてから、そう告げたが、アカリは視線を逸らしたままだ。

「産みたくねえのかよ」

「おろそうかなって考えてる」

「なんで、そんなの神様に怒られちゃうぜ。俺よ、それならそれで、きちんとやるって。バイト辞めて、仕事探して、きちんとするって」

「ありがとう。でもさ、そうじゃないの。この子が誰の子か自信ないんだよ」

最初アカリが何を言い出したのか、さっぱり理解できなかった。でも暫《しばら》くしてやっとことの重大さに気がつくことになる。

「じゃあ、そいつを呼んでこいよ、俺が話つけるから。そいつと俺とどっちを取るのか、そこで結論つけろよ」

俺はアカリを殴りつけてから、そう言った。殴った瞬間のことはもう覚えていない。血が頭に昇って頭ん中が真っ白になって、次に気がついたら、アカリは床に倒れていた。

「でも、一人じゃないの。生理が来なくなる直前に二人の人とエッチした」

俺はアカリの唇や胸元や腰や手や睫毛などの部位を一つ一つ目で追って、何が起きたのか、何が今までと違っているのか、どう変化してしまったのか、を確かめようとした。しかし、なんの変化も見当たらない。二人の男とエッチしたというのに、どこにも怪我はない。禿げていく時に痛みがないのと一緒である。エッチなんてしょせん抜け毛みたいなものなのか、と俺はいつもと何も変わらないアカリの顔を覗き込みながら考えていた。

「避妊しなかったのか？」

「あんたと一緒で、みんなしたくないって言うんだもの」

くそ、と言った後、俺は近くに置いてあった花瓶を摑んで、壁に投げつけた。ぐしゃんという鈍い音が室内に響き渡る。どういうことだよ、え、どんな頭してんだよ、どんな下半身してんだよ、と俺は怒鳴りつけた。

「昨日は素晴らしかった。すげえ、楽しかったじゃん。すげえ楽しかったろ。踊りに行ってよ。朝までみんなと騒いで。なにも問題なかったじゃん。問題なかったろ？　結構幸せだったりしたじゃんか。誰だよ、その二人って。もしかして、昨日のあのメンバーの中に？　え？　あの中にいるのかよ？　正直に言えよ」

アカリは頷《うなず》いた。一人はその中にいるよ、と白状した。

「もう一人は？」

「バイト先で知り合ったずっと大人の人」

「話をつける」

「やめてよ。話をつけるって殴るってことでしょ」

当たり前だろ、ぶっころしてやる、と俺は怒鳴ったが、正直言って、どうしていいのか分からなかった。俺はアカリの髪の毛を摑み、ちょっと引っ張った。ちょっと引っ張っただけなのに、アカリは後ろへ引っ繰り返った。泣きだし、止めてよ、お腹に子供がいるんだから、と叫んだ。

「おろせ！」

「だから、おろそうと思ってるってさっき言ったじゃん。言ったでしょ！」

「いや、待て、ダメだ。おろすな。何か方法があるはずだ。だいたい、判定薬が絶対正しいとは限らねえだろ」

そうよ、とアカリは頷いた。

「判定試験紙が赤くならないのもあった。箱にもね、ちゃんと病院に行って検査をするようにって書いてあった」

俺はアカリを椅子に座らせ、それから室内を動きまわり、考えた。その間、アカリはただひたすら泣くばかりであった。

「でもどっちにしてもお前は俺を裏切ったことには変わりない」

「うん、そうだね」

うん、そうだね、じゃあ、ねえだろ、と俺はもう一度怒鳴った。

「昨日までは幸福だった。いいか、昨日、みんなで遊んでいた時までは世界は平和だった。どうして今日はこんなことになるんだよ。まるでよ、事故にあって、お前が死んだように悲しいじゃん」

そう言うと、アカリは顔をあげて、シュウちゃん、と呟いた。

「どっかからバイト先に電話がかかってきてよ、お前が車に撥《は》ねられて死んじまったって聞かされたようによ、目の前が真っ暗だぜ」

シュウ、とアカリが声を詰まらせた。大粒の涙が次々、アカリの頰を伝って落ちてゆく。

「俺は何よりもお前を愛してたのに。お前を裏切ったこともなかった。浮気なんか思いもつかなかった。お前と付き合うようになってからは、奴らに誘われても、キャバクラにも行かなかった。それがお前は俺の知らないところで」

その先は言葉にならない。俺は壁を蹴飛ばし、机を引っ繰り返し、本棚に並んでいたマンガを全部床に叩きつけた。どれくらい暴れたのか分からないが、部屋中のものが室内に散乱し、気がつくと、形あるものはだいたいが元の形を失っていた。俺は力が抜け落ち、その場にしゃがみこんでしまった。

「おろすね」

アカリが優しい声で、うなだれている俺に向かって言う。

「ああ、そうするしかないな」

「シュウちゃん、もう私のこと嫌いになったでしょ」

「当たり前だろ」

「もう別れることになるんでしょ」

「決まってるだろ」

「昨日は楽しかったね」

俺は、これは事故だ、事故にあったのだ、と思うようにした。それ以上の逃げ道は考えられなかった。事故というものは大体突然降りかかってきては、人の人生を台無しにするものだ。誰にだって、起きる可能性がある。ものが動き、人が生きているかぎり、危険はつきものだ。世界はそういう確率で動いていると思うしか楽になる方法はなかった。

「愛はどうした？」

「愛？」

「寝た奴らを愛してたとは言わせない。だってよ。二人だろ。俺を入れて三人だ。同じ時期に三人の男とエッチした。そんなの愛じゃない。いいわけできねえな。愛のない関係だったんだ」

「でもね、でも、抱き合ってた時は、その人のこと好きで好きで仕方なかったよ」

「そんなこと聞きたくねえ」

「ごめん、言い訳できないのは分かってる。でも、その時はどうかしてた。今は、昨日も、一昨日も、ここのところずっとシュウちゃんしかいないって、本当に思ってるの」

「くそ、ざけろ。俺は死にたいよ。このまま、お前を殺して、一緒に死にたい」

「死のうか」

少し間があいて、アカリがはっきりと死を口にした。

「ずっとね、そう思ってた。死んじゃえば、いいかなって。きっとさ、シュウちゃん、もう一生私を許してくれないだろうし、でも、今はシュウちゃんしかいないってやっと気がついたし、あの時はね、どうかしてた。というのかさ、あの頃って、二人冷えてたじゃん。シュウちゃんと私、冷えてたでしょ。だから、凄く寂しかった。でね、違う男の人と寝たら、違う人生が見えるかもしれないって思ったの。でもね」

「うるせえ、言うな。何も言うな。聞きたくねえよ」

「でもね」

「聞きたくねえ。頼むから言うな」

「でもね、その人たちと寝た後、凄く後ろめたくなるの。それで、家に戻ると、シュウちゃんに優しくすることができた。で、また違う日に関係を持つでしょ」

「嫌だ。聞きたくねえ」

「そうするともっと優しくできるの。後ろめたいでしょ。だから、優しくできる。そうすると、段々、シュウちゃんの大切さを思い出していく。都合がいいってのは分かってるけど、でも、それで今はシュウちゃんが自分には相応《ふさわ》しい人だって、アカリさ、ちゃんと気がつくことができたんだもん。ただ運が悪かった。気がついた時は妊娠してた。いや、まだ分からないよね。もしかしたらまだ妊娠してないかもしれないんだからさ、でも、でもね、もうごまかせなくて、何もかも」

俺は、足で椅子を蹴飛ばした。

「アホか。そんなことして気がつくなんて、なんてお前はアホなんだよ。アホ、アホ、アホ女」

「だからさ、シュウちゃん、死のうよ。昔の人みたいに心中しよう。昔の作家の人とかみたいに、綺麗に死のう。太宰治だっけ、綺麗に死んだ人」

「アホかよ。綺麗な心中なんかあるかよ。死んだら腐るんだ」

もう言葉にはならなかった。俺は泣いていた。情けないほどに声をあげて泣きじゃくっていた。泣きながら、これは事故だ、と自分に言いきかせていた。大事故。テロだ。突然襲いかかった悲劇だ。

日が暮れるまで、俺はそこから動くことができなかった。何も食べることもできなかった。アカリが何か拵《こしら》えて持ってきたが、俺はそれを皿ごと壁に叩きつけてしまった。

「死ぬんだろ。死ぬんなら、別に食うことねえだろ。お前はいつも矛盾してんだよ。考え方がおかしいんだよ。なんで他の男と寝て、俺に優しくできるなんて、言うんだ。寝なきゃ優しくできないってのはおかしいじゃん。間違ってるだろ。いいや、そういう問題じゃなくて、狂ってる」

「死のうよ。シュウちゃんが一緒に死んでくれないなら、私、一人でも死ぬ」

「狂ってるよ」

「死のう」

俺は部屋を飛び出した。とりあえず部屋にはいられなかった。頭がおかしくなってしまったとしか思えないほどにわけのわからない言葉を思いつく限り口にしては叫びつづけた。少し落ちつくと駅前のバーにもぐり込み、そこにある酒を片っ端から飲んだ。時々利用するショットバーだったが、店は客で溢れかえっていた。人の中に混じっているとなんとか落ちつくことができた。不幸なのは俺だけじゃないし、裏切られたのは俺だけじゃない、と酩酊した客を見つけだしては、そこに自分と同じ災難の匂いや影を探しだし、むりやり自分を安心させようとした。

事故だったんだ、と自分に言い聞かせた。アカリは事故で死んだんだ。もうこれはどうしようもないことで、俺はそれを乗り越えなければならない。そう自分に言い聞かせながら注がれたアルコールを胃に流し込んでいった。

二時間ほどすると、バーテンダーが、大丈夫ですか、と心配し声をかけてきた。もちろんだ、と俺は微笑み返し、もう一杯同じ奴をくれ、と空のグラスを差し出した。笑うしかなかった。酔いつぶれるしかなかったし、全てを忘れるしかなかった。

新しい酒に口を付けた丁度その時、甘い匂いが鼻孔を掠《かす》めた。ここに座ってもいいですか、と声がした。振り返ると大きな女がいた。大きいということだけが特別で、後は特筆すべき点のないごく普通の女性である。

「いいですか、ここに座っても」

声は体格からは想像も出来ないほどに優しかった。俺は慌てて取り繕うと、どうぞ、どうぞ、寂しく飲んでいたので、光栄です、と戻した。

それから女と話しはじめた。俺は、本当のことは一つも喋らなかった。自分は自動車のセールスマンで、今日は一台大きいのが売れたんだ、と言った。俺の兄が自動車のセールスマンをしていたので、兄に成りきって話した。女は俺のつまらない作り話を楽しそうに聞いていた。目元に漂う優しさはいつまでも失せなかった。その時の俺にとって、目尻の優しさは、世界でただ一つの逃げ場であった。

それにしても、こんな大きな女は見たことがない。手なんか、野球のグラブのように大きい。本当に女なのかな、と何度も疑ったくらいだ。でも優しい女だ。物凄く大きい女だが、心は優しい。女はじっと俺の話に耳を傾け続けた。

「最近、付き合ってた子が事故にあって死んだんだ」

「まあ、なんて言えばいいのかしら、そんなことって」

彼女の目尻はいっそう優しく弧を描き、本当に自分のことのように悲しく撓《しな》っては、哀れみを表現した。思わずその優しさに感情をかき乱されてしまった。薄暗い店内だったので、俺は遠慮せずに女のグラブのような手を握りしめた。昔からの知り合いのような、平然とした顔で、女も握り返してきた。

「でもね、事故は諦めるしかないわね。事故なんだから」

「ああ、そう思う。事故ってものは、そういうもんだ」

「でもお気の毒。本当に気の毒。何もしてあげられないわね」

「いいさ。こうして一緒に飲んで貰えるだけで幸せだよ。死のうって思ってたけど、考えなおさなけりゃな」

「ダメよ、死なんか考えちゃ」

「いや、でも事故で死んだ女のことを思うと、死にたくなるんだ。たった今も死のうと思って、なんとか思い止まってここに入ったところだった」

ちょっと、と言うなり、女は握りしめていた手に力を込めた。ダメ、死のうなんて考えたら。

「ありがとう、でも、自信ないな」

「ダメだわ、そういうの、絶対に良くない。私でよかったら、あなたの力になるわよ。あなたを励ましてあげる」

「じゃあ、これから君の家に招いてくれるかい？」

女は頷いた。それから、もちろんよ、と例の優しい声で言った。

店を出ると二人は恋人同士のように寄り添い、歩いた。俺は相当酔っていたので、大柄な女に支えられて歩いた。女の大きな腰に手を回し、逆に女は俺を傷病兵のように抱き支えた。人の気配のない交差点で口づけを交わした。女の厚めの唇は、予想外に柔らかく、俺の中の苦しみを一時的に取り払ってくれた。

女の部屋で俺たちは裸になり、抱き合ったが、俺は酩酊しすぎていて、彼女を愛することはできなかった。それだけではない。女を抱こうとすると、アカリのことを思い出してしまう。アカリのことを俺は愛しすぎていて、裏切れないのだ。なのに、アカリは俺を裏切って知らない男とエッチをした。俺はずっと愛されていると信じ込んでいたのだ。

「すまない、どうしても調子がでない」

「いいのよ、気にしないで。そんなこと気にしなくていいわ」

「誘っておいて、出来ないなんて、どこまで俺ってだらし無いんだ」

「違うわよ。亡くした恋人の面影のせいよ。当たり前だわ。その人のことを考えれば、こんなことは出来るはずがない。ここにあなたを連れてきた私の責任もある。あなたが少しでも楽になるならって考えたんだけど、どうも浅はかだったわね」

女はそう言うと、俺の体をその大きな掌で摩《さす》ってくれた。母親が子供の体をそうするように、優しく撫でてくれた。

「男の人って、女の人よりもずっとデリケートなのよね。いつまでも愛した人のことを忘れないのよね。うらやましいわ、その人。亡くなられて可哀相ではあるけれど、こんなにあなたに愛されてさ」

俺は、閉めるつもりの蛇口を間違えて全開に捻《ひね》ってしまったように、激しく涙を流して泣いてしまった。まるで赤ん坊のように、声を出して泣いたものだから、女は驚き再び俺を抱き寄せた。

「ごめんね、思い出させてしまったのね。ごめんなさい。大丈夫よ、もう大丈夫。泣かないで。運命なんだから、乗り越えなくっちゃね。きっとあなたにもいつか、幸せがやってくるわよ。また昔のように笑顔を取り戻せるって」

女の胸の温もりは俺の擦り切れた心を優しく包み込んでくれた。俺は女の胸元に顔を埋めて泣いた。アカリと出会った頃のことを思い出した。それから二人で暮らしはじめた頃のことを思い出した。はじめて抱き合った日のこともちゃんと覚えているし、寝顔や、笑顔や、抱き合っている時の甘えた顔など、失った日々が次々に脳裏を掠めていった。アカリ、と声にした。女は黙っていた。

「アカリ」

女が俺を抱きしめた。見ず知らずの女に優しくされていた。はじめてバーであった女だった。目尻の優しい大きな体の女。彼女はアカリではなかった。でも、そこに世界中の女の優しさが含まれていた。名もなき女のそこかしこに世界中の母親の面影があった。

「あなたは優しい人ね」

女が囁いた。俺は女ともう一度きちんと口づけをした。

「私をアカリさんだと思っていいのよ」

唇が離れる瞬間、息を吐き出すのと同時に、女はそう口にした。

「目を瞑《つむ》って、その人の顔を思い出して構わないのよ」

「出来ないよ、それは失礼だもの」

「いいから、幸せだった時のことをちょっと思い出しなさいよ」

俺は言われた通り、目を瞑り、アカリのことを考えた。女は俺の体に優しく愛撫をした。俺の体が反応した。萎《しぼ》んでいた心が、緩《ゆる》み、逞《たくま》しくなっていった。俺はアカリと抱き合った。アカリは俺の腕の中にいた。足を開いて、俺を受け入れていた。別の男たちと寝るアカリの姿が頭の中を過《よぎ》った。悲しみがどこからか沸き起こり、涙が、瞑っている目の間からこぼれ落ちていった。

「アカリ」

「いい。とても素敵よ」

「アカリ」

「愛しているわ」

涙が次々に滴り落ちて、きっと、女の胸元を濡らしているはずであった。全てが終わった後も、俺は目を開けなかった。女は汚れた体を綺麗に拭いてくれた。それから何事もなかったかのように俺を優しく抱き寄せた。俺は女の腕の中で寝たふりをしていた。一時間くらいその姿勢のままで、ずっと何が起きたのかを考えた。バーで知り合った女と、その女の部屋で、愛しあったのだ。抱きあっている間、俺はずっとアカリのことを考えていた。

まもなく女の鼾《いびき》が聞こえだした。少し体を触ってみるが起きる気配はなかった。俺は女の腕枕から抜け出ると、衣服を着た。女をしばらく見下ろし、――二、三分の間、それからベッドの脇に丸めてあった毛布を女の体の上にそっとかけ、外に出た。

――その人たちと寝た後、凄く後ろめたくなるの。それで、家に戻ると、シュウちゃんに優しくすることができた。

アカリの声が耳元で弾けた。そんなことってあるかよ、と俺は思った。迷いながらも、俺は自分のアパートを目指していた。そこしか帰る場所はない。

夜が明けようとしていた。歩いているうちに、空がどんどん白んでいった。烏が鳴いている。新聞配達員の自転車のブレーキ音が、きゅ、きゅ、と街に谺《こだま》した。

俺は何度か、振り返った。あの女はあの部屋で今頃どんな夢を見ているのだろう、と考えた。目が覚めたら、いなくなった俺に気がつき、寂しい思いをさせるのではないか、と心配した。でも、俺はあそこにいるわけにはいかなかった。緑道の途中、消えた街灯の下に人影があった。アカリはショールを肩に巻いて、俯いて地面を見ていた。俺は太陽が昇り切るまでそこから動かず、向こうが気がつくまでずっとアカリを見ていようと思った。

目下の恋人

My Current Girlfriend

「目下《もっか》の恋人、ネネちゃん」

ヒムロは私のことを人に紹介する時、こう言う。結構傷ついてるんだけど、私は取り敢えず笑ってる。目下の、という意味がわからなくて、辞書で調べたら、当面のところ、とあった。それで二人きりの時に、そのことを問いただすと、

「だってさ、ネネちゃんも俺もまだ若いんだし」

とはぐらかされ、あげく、そのまま太い腕を私の首に回してきて、車の中だったけれども、強引に抱きしめられた。都合が悪くなると、ヒムロはいつも私を可愛がる。でも可愛がる時は手抜きをしないので、抵抗していてもだんだん気分が出てきて、頭の中が真っ白になって、もう何もかもがどうでもよくなってしまう。

「それに今はそういう時代じゃん」

「そういうって、どういう?」

「だからさ、当面。当面が大事な時代」

普段はシャープな顔だちだが、笑うと、目が小さくなって顔の中心で柔らかく弧を描き、母性本能をくすぐる愛らしい顔つきになる。私の友人たちはみんな口を揃えて、あの顔がずるいのよね、と言う。確かに彼は女性にもてる。その大もて君が、どうして私ごときと付き合っているのか、それはいまだに謎で、しかも私なんか別に美人でもないし、頭がいいわけでもなし、すぐに感じちゃうし、ミーハーだから、口の悪い友達からは、あなたの貯金が目当てなのよ、と忠告を受けた。

貯金なら少しはあるけれど、でも大金ではない。ヒムロがホストをやったら、そんな貯金なんか数ヵ月で稼いでしまうに違いない。ヒムロが前に付き合っていた女性は、年配の人で、彼女こそ資産家の人妻で、しかも誰が見ても明らかに美人であった。

一度、道でばったりとあって、確かその時もヒムロは私のことを、目下の恋人、と紹介した。美人さんは笑わなかった。じっと私の身形《みなり》を見つめた後、目下がいつまで続くか楽しみね、と呟いた。

当面がいつまでなのか、そのことで、私が毎日ハラハラして生きていることを、あいつは知っているくせに、まるで人のこと試すように、あんな風な紹介をするのだ。きっと、新しいのが見つかったら、すぐに乗り換えるつもりでいるに違いない。ポイ、されちゃうんだ。最初からクギを刺しておけば、その時になっても、ごちゃごちゃ言われずに済むと思っているに違いない。

日曜日にハラグチの家でパーティがあって、ヒムロの仕事の関係の仲間たちが大勢集まった。相も変わらず、ヒムロは私のことを目下の恋人とみんなに紹介した。

「目下の恋人のネネちゃん」

反応は様々だが、ほとんどの人は笑う。笑わない人は、気の毒そうな顔をして私を見ている。昔のヒムロを良く知る酔っぱらいが、ネネちゃん、こんなこというやつとは早いところ別れちゃった方が無難だぜ、と酒臭い息を吹き掛けてきた。ヒムロの後ろについて回りながら、ちょっと情けない気分になった。お構いなしのヒムロは、私が横にいるというのに、仕事仲間に紹介された可愛い子ちゃんとくだらない話で盛り上がっている。私は二人の話に加わるわけでなく、でも気になるので席を立つわけでもなく、時々、求められてもいないのに相槌を打ってみたり、虚空に向かって微笑んでみたりした。虚しいけれども、ヒムロから離れると、可愛い子ちゃんを口説きそうな勢いだったので、心配だから、不安だし、傍《そば》から離れなかった。少し彼にくっついてみたり、手を伸ばして触れてみたり、彼のグラスが空になると、ワインを注いだりして、自分の存在をさりげなくヒムロと可愛い子ちゃんにアピールした。

「ヒム、終電の時間が迫ってるよ」

ヒムロは、ああ、と返事をしたが、すぐにまた可愛い子ちゃんの方へ体を戻した。思いがけなく話題が私のことになった時、私は可笑《おか》しくもないのに微笑んでいた。ねえ、どうして目下の恋人なんですか、とその可愛い子ちゃんが聞いてきたのだ。微笑みながらも素早くヒムロの顔色を窺ってみる。ヒムロはワイングラスに口を付けて、それをごくごくと、まるでジュースを飲むような豪快さで飲み干した。微笑んでいる自分がどんな顔をしているか、思わず想像してしまい、胃の奥の方がきりっと痛くなった。間抜けな犬のような顔、のはず。ヒム、と心の中で呼んでみるが、ヒムロは私に背中を向けたままだ。

「ねえねえ、目下《もっか》って、どういう意味なんですか?」

可愛い子ちゃんがヒムロの向こう側から顔をひょいと出して言った。私はヒムロの後頭部を見つめたまま、当面のところのっていう意味があるんですって、と小さな声で返した。女は、興味津々な顔つきで、どういうこと？　とヒムロに聞いた。

「いいじゃん、そんなことどうだって」

「でも、そんな風に紹介されたら、彼女が、可哀相じゃない」

私はまだ微笑んでいた。心の中はそうじゃなかったが、すっかり凍りついていたけれど、どうしていいのか分からなくて、へらへら笑っている。最近、『プライド』という歌をカラオケで歌いながら、激しく泣いたことを思い出した。

「あの、ネネさん、ネネさんは目下でいいんですか？」

女の声で、幾人かが振り返った。可愛い子ちゃんの心根は想像通りぶよぶよに腐っていて、わざとみんなに聞こえるよう、声に力を込めている。興味津々がみんなに伝染していく。どこを見ていいのか分からず、さすがに笑みが口許から消えた。前にも、同じような場面があった。付き合いだしてまもなくの頃だった。その時もそこにいたみんなに、目下でいいのか、と詰め寄られた。あれから二年が経っている。

「でも目下といっても、すでにつきあいだして二年になるんです、私たち」

とさらに細くなった声で返すと、可愛い子ちゃんは、結構長く続いてるんですね、と言い、意外そうな顔をした。

「一緒に暮らすようになって十ヵ月が経ったし、それに今度、今のところよりももう少し広い部屋に引っ越すことにもなっているし」

ヒムロが笑った。話題変えようぜ、と言った。そうね、と私はまた愛想笑いで誤魔化した。可愛い子ちゃんはヒムロに携帯の番号を教えている。まるで私なんか目にも入らないような、堂々とした態度で。

次の日曜日、ヒムロが何の前触れもなく、大船《おおふな》に住む彼の祖父のところに見舞いに行くと言いだしたので、私は、ついていく、と声を張り上げ、身構えた。あの可愛い子ちゃんとデートでもするのだろう、と疑ったからだった。なんで、なんでついてくるんだよ、とヒムロは訝《いぶか》った。

「だって、会ってみたいもん。ヒムの先祖」

「先祖ってほどのもんじゃねえよ。だし、まだ生きてるし」

「でも先祖じゃん。遺伝子繋《つな》がってるじゃない」

ちぇ、とヒムロは舌打ちしたが、拒絶はされなかった。どうやら、デートでは無さそうだった。暇だったし、天気も良かったので、一緒に鎌倉方面まで出掛けることにした。

電車の中で、お祖父《じい》さんどこか具合でも悪いの、と聞くと、もう歳なんだよ、と面倒くさそうな返事が戻ってきた。

「ヒムが、誰かのお見舞いに行くだなんてさ、凄く、珍しいから、容体とかが悪いのかなって心配になったんだよ」

ヒムロはつまらなそうに、窓の外を見ている。私といていったいこの人は何が楽しいのだろう、と横顔を見つめながら考えた。私だって、この人と一緒にいて何が楽しいのだろう。ハンサムだから？　遠くを見ている小さな吊り眼が好きだから？　セックスが上手だからかな。女として大切に扱われるのはベッドの中だけで、後は口もろくに利いてくれない。ヒムロが他の女性と楽しそうに笑って話しているのを見ると、嫉妬するというより、その女性が羨ましくて仕方なくなる。あんな風に私も話しかけてほしい、とつい指をくわえてしまうのだ。馬鹿で、情けない自分に、がっかり……

「ねえ、ネネと一緒にいて何が楽しいの？」

横顔に向かって、聞いてみた。前から聞きたかったことだったが、別に楽しくないよ、と言われるのが怖くて聞けずにいた。電車が大船の駅に着くまで、ヒムロは返事をしなかった。改札を出て、通りを歩きだして、やっと、

「楽しいとか楽しくないとかじゃない」

と返事が戻ってきた。それからまた黙ってしまった。ヒムロの祖父の家は駅からかなり遠いらしい。バスに乗って、さらに海の方まで出なくてはならない。ファミレスを見つけると、ヒムロは、ちょっと腹ごしらえしていこう、と言うなり中に入っていった。窓際の席に座り、メニューを開いて覗き込んでいる。

「何にする？」

メニューから顔を上げずに、ヒムロは言った。

「何でもいいよ。ヒムの食べたいものを食べようよ」

「ああそう。じゃあ、俺、ボンゴレ食いたいな。それと、オムライスも。後、サラダ。このシーザーサラダってのがいい」

注文を私に任せると、ヒムロは窓の外へと視線を逸らした。私は店員を呼び止め、まるで長年連れ添った妻、――甲斐甲斐しさと気配りの塊《かたまり》になって、オーダーをした。

「ねえ、聞いてもいい？」

店員が去った後、私はずっと心の奥底に押し隠していた気持ちをぶつけてみた。

「他の女の子とはさ、とっても楽しそうに話をするじゃない。なのに、私とはあまり話さないじゃん。それってつまらないってことかな」

ヒムロは応《こた》えない。

「この間もさ、パーティで可愛い子とニコニコ話してたじゃん。ああいう風に話して貰えないのかなって、思って。そりゃ、私ってあまり面白くないってか、面白いこと話せないし、世の中のことあまり知らないけどさ、でも、ヒムの笑った顔とか見たいから、一生懸命話すから、うん、努力するよ」

「努力なんかすることない。無理しなくていいよ」

「でも、無理しないと、口利いてもらえないじゃん」

「いいじゃん。嘘ついて盛り上がっても、つまんないもの」

「それって、私は面白くないってこと？」

ヒムロは、ため息をついた。

「だから、面白いとか、面白くないとかってのじゃねえの」

「わかんないよ。だって話したいし、笑いたいんだもの」

「じゃあ、勝手に話せ。勝手に笑え！」

「なんで、一緒がいい」

オーダーした料理が運ばれてきたので、ヒムロは私を無視して料理に箸を付けた。野菜を蕎麦のように、音をたてて食べている。食事をする時は猫背になって、まるで犬とか猫のよう。並んだ料理には全てに手を付け、味があわないと、私の方へ押し出す。それでも私はこの人が好きで好きで仕方がない。どうしても好きなのである。どうしても。多分、意地で好きなのだ。この人じゃないと、ダメだと思った時から意地になっている。思い込むと、それしか見えなくなるタイプであることは間違いない。この人だって決めたせいで、――決めてしまったせいで、この人から離れられないというのが正確な理由かもしれない。何か、きっかけさえあれば、この奴隷のような生活から簡単に抜け出せるのかもしれないのに、その何か、がいつも見つけだせないでいる。

「もっとヒムと話がしたいよ」

「これ、食えよ。オムライス、旨いから」

「嘘だ、ボンゴレの方が美味しいんでしょ。ボンゴレの方はもうないじゃん」

「食ってみろよ」

「だって、ヒムのこと良く知ってるもの。美味しいものを先に食べて、残ったものを私に回すじゃない」

ヒムロが顔を上げた。そして、睨み付けられた。半ば、テーブルの上に投げ捨てるように、フォークを置き、ちぇ、と舌打ちした。

「なんだよ、今日はどうしたんだよ。やけにつっかかる」

「だって、私、ヒムに見てほしいんだってば。普通の恋人のように、愛されたいんだってば」

「愛してるじゃん。夜に」

「体だけじゃなく！」

ヒムロが嘆息を零《こぼ》した。

「体だけじゃねえよ！」

「体だけじゃん。ほしくなると覆いかぶさって、終わるとすっとどこかいなくなってさ、私セックスマシーンじゃないんだからね」

「大声出すな、聞かれる」

視線を逸らし、窓の外を見た。街路樹が風で揺れて、木漏れ日が路面で踊った。声を荒らげている自分が悲しくなるほどに、世界には綺麗な光が溢れている。ヒムロの横顔に穏やかな午後の光が舞っている。

「いやなの？」

ヒムロがこっちを見ないで、外の日溜まりから視線を逸らさず、ぽつんと、聞き逃しそうなほどの小さな声で呟いた。いやって、目下の恋人でいることが？

「ガチっと、してたいわけ？」

「ガチっとって？」

「ギュウギュウってのが理想なの？」

「ギュウギュウって？」

ヒムロは立ち上がると、御勘定してきてね、と言い残して外に出てしまった。私はレジで勘定をしながらも、外で待つヒムロの背中から目が離せないでいた。私が支払いをしている隙に、突然走って逃げ出すのじゃないかって、気が気ではなかった。


仲良しの真美が、あんたそれってさ、そいつはただのヒモだってことじゃん、と言った。家賃も、生活費も、全部私が払っている、と言うと、真美は笑った。そういうのをヒモって言うのよ。でも、ヒムは才能があるの、と私は戻した。まだ役者としては全然売れてないけど、いつか誰かに発見される。そしたら、コマーシャルとかばんばん出て、すごい売れっ子の俳優になるんだから。

『かもね。でも、その時、あんたはポイ』

真美は笑ってはいなかった。こわい目で私を睨んでいた。友達だから、本当のことを言ってくれる数少ない友達の一人だから、その言葉は応《こた》えた。

『ネネ、あんたはね、昔から、いい奴なのよ。グッドスマイルちゃんだし、男をたてるし、でもさ、いっとくけど見る目がない。あいつはあんたを踏み台にしてのし上がろうとしているだけ、今をなんとか食いつなぐための、あなたはね、ただの、なんての、渡りに舟の、舟。渡っちゃったらもう必要のないただの小舟ちゃんに過ぎないのよ』

バスに揺られながら、私はどんなに好きでも、魂まで差し出すのは間違えている、と自分に言い聞かせた。幾つかのバス停で人が乗り込んできて、幾つかのバス停で人が下りていった。だんだん、目的地に近づくに従って、乗客が減っていった。そして最後は二人きりになった。

でも好きなんだもの、とヒムロの横顔を盗み見ながら、心の中で呟いた後、彼の手をそっと握ってみた。バスがその時揺れて、二人の体も大きく揺れた。反射的にヒムロの開いていた指が閉じ、握り返される恰好となった。ずっと握りしめていてくれますように、と私は神様にお願いしていた。じいちゃんとばあちゃんは、俺にとって本当の親みたいな存在なんだよ、とヒムロが唐突に呟いた。そうなんだ、と反射的に私。

「ほら、親はさ、俺が子供の時に離婚してんじゃん。だから、じいちゃんとばあちゃんに引き取られて育てられた」

ヒムロは海が見えると、微笑みを浮かべた。海面に光が反射して眩《まぶ》しい。水平線の辺りで光がまるで生き物のようにふくらんでいる。ヒムロが窓を少し開けたので、潮風を含んだ風が車内に吹き込む。ここら辺の空気は酸素が濃いだろう、と言いながら、ヒムロは深呼吸をした。

「俺は中学までこの辺で育ったんだ」

眩しすぎて、この辺というのを、ちゃんと見ることができない。彼は光の中で育ったのかもしれない、と目を細めながら考えてしまい、思わず相好が崩れた。

「じいちゃんとばあちゃんは学者だった。俺の親とは違って、頭がいいんだ。俺が頭がいいのは二人の血のせいだよ」

「頭良かったっけ?」

「うるせえ、いいんだよ。能ある鷹は爪を隠すって言うだろが」

「諺《ことわざ》?　どういう意味か知らない」

ヒムロは笑った。

「学者って?　なんの?」

「文化人類学の教授さ」

「どういう学問なの？」

「知らねえけど」

　文化とか人類とかの学問だろ、と慌てて付け足した。

「素敵じゃん。文化と人類の学問だなんて。どんな学問か、全然想像できないけれど、凄いんだろうね。研究室とかで、並んで仕事をしながら、おじいちゃん、おばあちゃんを口説いたんだね。そんで、論文を書く手を休めて、見つめ合ったりしたのね。ボクと結婚してください、とか言っちゃったんだよ」

「結婚？」

　ヒムロは何かを言いかけて口を噤《つぐ》んだ。国道沿いの街路樹のせいで海に浮かぶ光の怪物は消えたり、現れたりを繰り返した。バスが速度を上げると、ちかちかと怪物は明滅をはじめた。すげえ、眩しいな、とヒムロは話題を変えた。彼は再び私の手を握りしめた。笑い声がいつまでも続けばいいのに、と思った。穏やかな時間である。不安がどこかにひっこんでしまった。

　ヒムロの顔も光ったり、暗く沈み込んだりを繰り返していた。歯に光線があたるたび、そこだけやたらと白く浮かび上がる。綺麗な笑顔だなって思うと、切なくなった。付き合いだして、久しぶりに見る、彼らしい本当の顔なのだ。口説かれた最初の頃は、よく笑っていたのに。それがいつのころからか、消えてしまった。このままバスが目的地に到着しなければいいのに、と願いながら、私はずっとヒムロの横顔を見つめていた。

バス停から海に向かう途中に、ヒムロの祖父の家があった。松林の中に木造平屋建ての可愛い家があった。老女が二人を出迎えてくれた。

「ネネちゃん」

ヒムロは祖母にそう私のことを紹介した。いらっしゃい、ネネちゃん、と祖母は言った。大きな犬が中から出てきて、ヒムロに飛びついた。襲いかかってきたのかと勘違いし、私は思わず大声を上げてしまったが、よく見ると、犬は尻尾を振っている。ヒムロも笑っている。首の辺りを撫でながら、チビ、あいたかった、と声を張り上げた。

「人間にたとえると、もう百歳。右目は見えないんだよ」

「そうですか」

「この子がここで暮らしていた時に、どっからか拾ってきた」

「盗んだんだ。金持ちの家の子犬を。そしたら、こんなに大きくなった」

「盗んできたと、白状された時はもう、チビは大きくなっていてね、しかも我が家の一員になっていた。だから、仕方ないってことになったのね」

ヒムロの祖母は私に微笑みかけてくれた。

「長いの？」

最初はなんのことを聞かれたのか分からず、きょとんとしていたが、お付き合いしてどのくらい、と言いなおされ、私は思わず、二年です、と答えた。

「二年？　それは随分と珍しい。よっぽどうまが合うのね。あなた、この子のどこがいいの？　役者なんかになれるはずないし、収入とかもないのに、こんなんでいいの？」

「はい、ええと、すごくいいんです」

「どこが？」

「それは、ええと、どこって言えないところが」

祖母が笑った。ヒムロは私達をほったらかしにして、犬と家の裏へと回った。

縁側でお祖父さんが休んでいるから、私達も行きましょう、とヒムロの祖母に案内されて裏に回ると、籐の椅子に深々と座る老人がいた。口許をもぐもぐとさせている以外は、目つきも、体も健康そうに見えたが、一年ほど前に脳卒中になっ

て、うまくしゃべることができなくなっている、とのことだった。ヒムロは祖父の耳元で、

「ネネちゃん」

と私のことを紹介した。私はお辞儀をした。お祖父さんは、小さく頷いた。何かを言おうとしたが、言葉にはならなかった。指先で、おばあちゃんを指さした。おばあちゃんが、おじいちゃんの傍に来て、はいはい、と言った。

「目下の恋人だって言えと、言ってるんですよ」

おばあちゃんは嬉しそうに笑った。ヒムロは、目下という言葉に反応し、気まずそうな顔のまま、犬と浜辺の方へ走り出した。

「目下の？」

聞き返すと、おじいちゃんが笑った。ヒムロの笑みにそっくり。

「私達は結婚してないんでね。ずっと恋人のままなものだから」

おばあちゃんも嬉しそうに言った。

「あの、ヒムロも私のことをみんなに、そう紹介するんです」

反射的に言葉が飛び出してしまった。どうしてヒムロが私のことをみんなに、目下、と言っているのか、謎の答えがそこにある。おばあちゃんが驚いた顔をし

てみせた。おじいちゃんはもぐもぐさせていた口をぎゅっと結んだ。

「あなた、それは本気だってことじゃない」

おじいちゃんが、おばあちゃんを指さした。

「本気？」

「きっと、私達の真似をしているのね」

「どうして、目下のって、おじいちゃんはおばあちゃんのことを言うのですか？」

「さあ、どうしてだろう。この人なりのユーモアだと思うけど、そんなこと聞いたことがない。聞いてみたら？　私も知りたいもの」

おばあちゃんは笑った。おじいちゃんは、説明しようとしているが、言葉にならない。ただ必死でおばあちゃんを指さし、もぐもぐと口を動かした。しばらく聞き取ろうと頑張ってみたが、だから、とか、けれど、とか、そんで、とか、てなわけで、とか、部分的な言葉だけが耳に達した。そのうち、おじいちゃんは、疲れたのか、説明が終わったのか、ぱったり口を閉ざして、砂浜でチビと遊ぶヒムロを見つめた。

「なんて言ったんですか？」

「一瞬が永遠になるものが恋、永遠が一瞬になるものが愛」

えっ、と私は聞き返した。老女は老人の薄く白い頭髪を指先でやさしく撫でた後、続けた。

「結婚は制度に過ぎないから、やめようということになったの。でも、それは大変なことだった。時代が時代だったでしょ。回りからはかなり白い目で見られたのよ。政府に誓うような愛をしたくはない、誰かに誓うような愛をしたいわけではない、とこの人は言いつづけた。カンガルーの研究を通して現代人の心のあり方を見つめなおそうとしていた私は、彼の動物的な、とても自然な発想に感化されて、結婚という制度に立ち向かうことになるの。そう言うと、なんかかっこ良すぎるけどもさ。だからね、この人は私のことを、みんなに紹介する時、わざと皮肉を込めて、目下の恋人と紹介した。そしてそれは、いまだに」

老女は可愛らしく微笑んだ。まるで少女のように。

「いまだに、言いつづけている。いつ終えてもいい、とお互いを縛らない恋愛をはじめてもう、半世紀になる」

「半世紀って、二十五年もですか？」

馬鹿ね、半世紀は五十年よ、と老女は笑った。皺が顔の中で上手に発達している。

「でも私達はごらんの通り、いまだに恋人のまま。子供を産んでも、結婚はしなかった。孫が生まれてもずっと結婚はしなかった。ずっと目下の恋人でいつづけることが出来て、私は幸せだった。回りからは、変わり者のレッテルを貼られたし、娘が離婚したのも、ある意味じゃ、変わり者の私達のせいでもあったんだろうね。でもね、孫は残った。あの子は、いい子に育ったわ。ちょっと馬鹿で不良だけど」

老女は、チビと遊ぶヒムロへ視線を投げかけた。輝く光の中で犬とはしゃぐヒムロの影が踊っている。ここの空気には酸素が沢山入っている、と言った彼の言葉を思い出した。ヒムロはいつになく元気である。

「あの子は、愛にはこだわっていると思うよ。親が自分を勝手に産み落としておきながら、いなくなったことにずっとこだわって生きてきたんだから。その場限りの愛を信じないところがあるわね」

「その場限りの？」

「あまり約束をしたくないのよ。愛という言葉は嫌いだって、小さい頃に、泣きながら学校から帰ってきたことがあった」

「何があったんですかね」

「さあ、なんかあったんだろうね」

老人が私の服の袖を引っ張った。そして老婆を指さした指で、私を指さした。

「あなたのことをきちんと考えているという証拠だって」

老女が通訳をすると、老人は瞬間、頬を動かし、微笑んでみせた。とっても嬉しかったけれど、嬉しいという感情が素直に面《おもて》に出てこなかった。ヒムロの気持ちが少し分かったことで安心した反面、これから先のことを私は想像していたのだった。ずっと、目下の恋人なんかで我慢できるのかしら。

太陽が海の向こうに沈み切るまで、松林からヒムロを眺めていた。遊び疲れたチビとヒムロが浜辺に寝ころぶと、私は彼の隣まで行き腰を下ろした。光っていた海も、今では黒々とうねり、海本来の暗さと怖さを取り戻していた。彼の腕に手を絡ませた。さざ波が二人の足を濡らしていく。

「晩ご飯、食べていけるわよねって、おばあちゃんに聞かれたので、はいって答えておいたよ」

ヒムロは頷いた。浜辺には誰もいなかった。目の前に海があり、後ろには松林があった。太陽はすっかり姿を隠してしまっている。まっくらになっても、傍にヒムロがいればそれでいい、と私は思った。

「目下の恋人でも別にいいよ」

「何が？」

「ガチっとしなくてもいいし、ギュウギュウしなくてもいいってことよ」

ヒムロは何も言わなかった。何も言わないということは、分かった、ということであった。

「ヒムロの先祖に会えてよかったよ」

その表情さえも分からなくなるくらい、辺りはすっかり暗くなっていた。海の遥か先に、うっすらと瞬《またた》く光があった。それが星だと分かるまでに、さらに数秒を要した。

君と僕のあいだにある

Between the Two of Us

世界貿易センタービルの南棟に二機目の旅客機が突っ込む直前、私は妻に、離婚をしようと宣告された。話をはぐらかそうとテレビを付けた私の目に生中継された自爆テロの映像が飛び込んできたが、何が起きたのかすぐには理解できなかった。激しく炎をあげて燃え盛る超高層ビルの映像は、非現実的過ぎて、すぐに意味を伴ってはやって来なかった。やがて私達は遠い世界で起こっている悲惨な出来事を少しずつ理解しはじめることになるが、実感はいつまでたっても固まらなかった。

二人はテレビを見つめたまま、長い間そこから動くことができずにいた。私は、キャスターがやや興奮気味に伝えるニュースに耳を傾けながらも、大変なことが起きてるな、と独り言を呟くのが精一杯だった。妻の顔は、今起きていることと、今まで起きてきたことが、内部で鬩《せめ》ぎ合って、怒っているような驚いているような、不思議な表情となっていた。それ以前に、妻はこの決意を私に伝えるため、早くからワインを呑みつづけているせいで、顔は真っ赤、しかも呂律《ろれつ》が回らなくなっていた。彼女のおとなしい性格からすれば、これほどのことを素面《しらふ》で宣言するのは容易なことではなかったであろう。相当の決意を持って臨んだに違いなく、今夜の奇襲攻撃は準備周到に練られた作戦なのだった。

まさかその奇襲攻撃の最中に、これほどのテロのニュースが飛び込んでくるとは思いも寄らなかったはずで、出端《でばな》を挫かれた恰好となった。アメリカでのこととはいえ、結婚して間もない頃、十五年前に彼女が留学していたニューヨーク州立大学は、世界貿易センタービルからそれほど遠くなく、向こうに友人の多い妻にとっては、この事件は対岸の火事ではすまされないはずだった。夫婦にとっても一年間、世界貿易センタービルからすぐの、ソーホーの安アパートで暮らした思い出がある。バッテリーパークまで週末にはよく歩いて散歩をした。あの超高層ビルは、ニューヨークで暮らしだした最初の頃、英語もろくに喋ることが出来なかった私にとっては、現在位置を特定する目印でもあった。世界貿易センタービルを目指しては歩き、はぐれたら、その袂《たもと》で落ち合った。寄り添う二本の巨大なビルは、向こう見ずに異国で暮らす二人をそのまま投影する希望のモニュメントであり、また自由の女神と並んで、アメリカを象徴する存在でもあった。

「とにかくあなたとはもうやっていけないのよ。やっていけないのはお互いよく分かっているはず。分かっていながら自分たちを誤魔化すように、ここで、こんな風に何もなかったかのような顔して暮らすのはもううんざり。でしょ?」

妻は虚ろな目で私を時折睨み、何度も言葉を詰まらせながら、どうにかそういう内容の台詞《せりふ》を吐き出した。どこか自分に言い聞かせるような口調でもある。画面の中では旅客機が南棟に突っ込む瞬間の映像が繰り返し放映されている。半分の心はそこに釘付けになっているものの、もう半分は不意に殺伐となった食卓の上を彷徨《さまよ》っていた。

十歳になる息子の寝顔が私の位置から見えた。私が息子の顔を見ていることに気がついた妻が、感情的になって涙ぐんだため、二人の間で気まずさが増し、視線のやり場に困った私はとりあえず握りしめていたグラスの中のブッシュミルズを呷《あお》った。

離婚の宣告から三十分か四十分が過ぎた時、CNNのキャスターの声音にまたしても力が籠《こも》った。テロという言葉が連呼されている。二人は同時にテレビ画面に目を移し、アメリカの国防総省が燃え上がる絵を確認した。

「あそこで一体何が起こっているのかしら」

妻の口調がやっと幾分、現実味を帯びた。普段の言い方で、さあ、なんだろう、心配だな、と返した。切実な問題が一旦棚上げされ、いつもの、つまり彼女のいうところの誤魔化し誤魔化しなんとかつなぎ止めてきた夫婦の関係が、一時的に復活した。

「何、どうしたのよ？　こんなことってあるわけ？」

「考えられねえよな」

あまりにも会話が普通なので、離婚という言葉が薄れかかる。おまえ友達が何人かいたじゃないか、と私が言うと、妻は、幾人かの、私も良く知る友人の名前を上げた。

「あの近くに昌代が引っ越したばかりなのよ。新しい会社が世界貿易センタービルの傍にあるって言ってた」

「おい、だったら、電話した方がいいんじゃないか。安否だけでも確かめておいた方がいい」

そうね、と彼女はいい、一旦は電話に手を掛けたが、半拍も間をあけず表情が変化し、くるりと背を向けるとまた元の席に戻った。

「いいのかよ」

私が普通を装って言ったが、返事はなかった。

「今は、いい」

今以外にいつがある、ともう一度キャッチボールをやりたくて言葉を放り投げてみたが、頑《かたく》なに妻は、今はいいのよ、と声を荒らげた。切実な空気がまたしてもどこからかやって来て、二人は再び沈黙に入った。切実というものはいつだってじわじわと、しかも着実にやって来る。どれほどの決意か、最初は気がつかなかったが、相当な決意であることはもう疑えない。二十年ほどの付き合いがあるのだ、幾ら鈍感な私でも、それくらいは分かる。

沈黙しあっている間にも、どんどんアメリカから新しい報道が届いていた。テロの被害について。そもそもそれをテロと決めつける理由についてなどなど……。どこからともなく、世界中から、このテロについての情報が集まってきては、事件の全容らしきものをそこに築き上げようとしていた。中には、未確認のとんでもない誤報や、歪曲されたでっちあげもあったが、どこかで、誰かが、それらを一つ一つ丁寧にえり分けている模様で、朧《おぼろ》げだった事件の輪郭も時間が経つに従い、——僅かにこの数十分で、体裁を整えはじめていた。カメラがビルの倒壊する画を映し出したのは、妻が、離婚の話をうやむやにしないで、と私に改めて抗議をした直後のことであった。

シット、と誰かが叫んだ。スピーカーから、ジーザスという言葉も飛んだ。妻が、あなた、と画面を指さし、私はさらに驚くべき映像を見た。世界貿易センタービルの南棟がぺしゃんこになる画であった。

それほどの映像を見ているというのに、或いはそれほどの映像だからなのか、逆にあまりに凄すぎて、驚き以上のものが沸き起こらない。とてもそこにいるだろう人々の痛みまで、瞬時に共有できる余裕もなかった。わあ、と声を上げたきりである。わあ、の後は自分を落ちつかせるためか、取り敢えず、冷えたお茶をすすってみた。妻は、何、何が起こってるわけ、と呟いたきりである。テレビ画面から私も妻も目が離れない。けれど、まだ悲しみも憎しみも痛みさえ、生まれて来ない。

数分後、酷《ひど》いな、と私が呟くと、妻は、映画みたい、と言った。映画じゃこんなにリアルな表現はできねえよ、と返した。皮肉なことに、ビルの倒壊というアクシデントのせいで、いつもの夫婦の口調に戻っていた。

「映画より凄い」

と調子に乗って告げると、不謹慎よ、と妻が画面から目を離さず言った。でもしょうがないじゃん、そうなんだから、と私は独りごちた。不謹慎、と妻はもう一度言った。

酷い事態だ、と意識の表面では思いながらも、心の一隅に、見事に冷静な自分がいる。ニューヨークで暮らした経験があるのに、何故か身近に感じることができない。世界貿易センタービルの倒壊、それもハイジャックされた旅客機によるテロ。これらの記号が、想像を超えた非現実的なものであればあるほど、私の心を麻痺させるのである。

今この時間、世界中がテレビに齧《かじ》りついているはずだ、と私は考えた。西側の常識を正当化できない世界では、窓から降る人々や、崩れ落ちるビルを見て、歓声を上げていたりするのかもしれない。私も、あそこで働いていた人の家族と同じ気持ちでこのニュースを見ることは不可能だし、アメリカ人と同質の感情でこれを見ることも不可能である。まだ好奇心の方が強く、痛みや悲しみは正直、それほど強くはなかった。

「いったい何が起こったの？」

「凄すぎてピンと来ねえな」

私と妻は崩れていくビルを見ながら、くだらない感想を述べあった。そして不謹慎な自分たちを誤魔化すように、ひどすぎる、と付け足した。昌代さんは無事かな、と私は言い、妻は、うん、どうしよう、と考え込んだ。昌代という妻より五歳ほど年少の女性は、ニューヨーク州立大学で彼女と一緒に映像メディアを学んでいた。私がアメリカに渡る少し前に、妻は昌代と一時期部屋をシェアしあっていた。二人の間に何があったのかは分からないが、この数年は音信がない。妻の睦美も昌代のことを口にすることもなかった。女の友情なんてそんなものか、と何時《いつ》だったか、酔った時にからかった覚えがある。そんなんじゃないわよ、そんなんじゃないの、と口数の少ない睦美が珍しく反論した。

どうしよう、と睦美が一人で悩んでいるうちに、北棟も崩落した。その間にも、ペンシルバニア州で別のハイジャックされた飛行機が墜落したというニュースが飛び込んできたり、アフガニスタンの首都で火の手が上がっているという情報が舞い込み、画面の中はいっそう混沌さを増し、情報が激しく錯綜した。妻は、ちょっと怖くなってきた、と呟き、グラスに残っていたワインの残りを一気に飲み干した。

「離婚どころじゃないな」

と私が呟くと、妻は、そうやって話をはぐらかす気ね、と声を擦りきらせて抗議した。その勢いで、彼女は離婚を宣告するまでの、長い間押し隠してきたという、自分の率直な気持ちというものを語りはじめた。私は繰り返し繰り返し再映される、世界貿易センタービルが地上から姿を消す映像を見ながら、それらの長大な説明を一応聞いた。どうしてそうなるのか、と思うような内容もあったが、人それぞれものごとの感じ方が違っているのは仕方のないことで、部分においては当然思い当たることもあり、反論は敢えてしないことにした。何より、彼女は酔っているし、世界は傾いている。この状態で何かを発言しても、現時点で正当なものを見分ける力など誰も持ってはいなさそうだ。

「今日は日が悪いわね。こんな日に何を話しても無駄でしょうから、もう寝ます」

妻は自分の中にあったものを全て出し切ると、私の意見など求めずに、そう呟いて立ち上がった。足元がふらついていたが、私が伸ばした援助の手は即座に拒絶された。妻は隣室で寝ている息子の布団の中へともぐり込み、まもなく鼾《いびき》をかきはじめた。

布団からはみ出した足は、二人の間にどれほど肉体関係がないかを訴えるかのように白く、それが逆に奇妙な色っぽさを連れてきた。私は彼女のふくら脛《はぎ》や太股をしばらく見ながらブッシュミルズを静かに嘗《な》めた。

結局、私は離婚とテロという二つの言葉を抱えたまま、眠らずに朝を迎えてしまった。画面の中ではさらに事件の輪郭が出来上がっていく。ルイジアナの空軍基地でアメリカの大統領が、犯人を捕まえ、処罰する、と宣言し、ワシントンに非常事態宣言がだされた。米政府関係者が、今回の事件にイスラム過激派の指導者オサマ・ビンラディン氏が関与していると伝え、各テレビメディアはこの人物についての、——この短時間でよく作ったな、と驚くほど詳細な映像を流しはじめた。それでも私はまだ自分の中に事件の輪郭を描くことができないでいた。これから先、世界に降りかかることになる痛みとか憎しみの大きさを想像してみようとするのだが、やはり現実味は薄く、結末のない映画を見ているような気分が続き、好奇心の方が常に勝っていた。

いつだって、殺された人の気持ちや、被災した人の悲しみは、認識は出来ても、どうしても実感することができない。旅客機がビルに突っ込んでいるというのに、そこから人々が雨のように降っているというのに、そしてアメリカの威信とでもいうべきビルがぺしゃんこになって瓦礫《がれき》と化しても、私には、この先どうなるのだろう、という興味に似た好奇心は起きても、そこで押しつぶされたり、切り裂かれたり、焼かれたり、圧死していった人々の痛みや悲しみを共有することができなかった。

・

七時のNHKニュースで事件のあらましを伝えている最中に息子が起きてきたので、私は昨晩から続いている出来事を映像と照らし合わせながらかみ砕いて説明した。息子は、旅客機が突っ込む映像を見た瞬間、わあ、すげえ、と言った。ビルが倒壊する映像を見た後には、すごいじゃん、と子供特有の興奮を示した。すごい、の語尾には感嘆符が添えられたような言い方だったため、いいか、これはな、大変なことが起こっているんだぞ、と自分のことは棚にあげて諭した。瓦礫の下敷きになった人達の家族のことや、救出作業中に亡くなった消防隊員のことを話すと、息子は少しだけ神妙になった。父さんや母さんがあそこにいたら、お前だって悲しいだろ。それと同じだ。行方不明になった家族を心配し、集まってきた人々の映像が映し出された。泣いている黒人の婦人がいた。息子は、僕が行方不明になったら、父さんはどうする、と聞いてきた。あの瓦礫の中に飛び込んで助けに来てくれる？　私は、勿論、と答えた。

まもなく、旅客機がビルに突っ込む瞬間の別角度から撮影された最新の映像が流されて、私達の神妙な気分は再び払拭されてしまうことになった。目頭を赤くさせて私の話を聞いていた息子の目に新しい光が宿り、彼は自分の中の理性と戦うような小さな声で、すごいね、と呟いた。ああ、すごい、こんなことが起こるだなんて、と私も同意した。

息子は隣でしばらくテレビを静かに見つづけた。そして私の体に自分の体を押しつけてくると、パパ、気がつかなかったよ、と囁いた。何が、と聞き返すと、

「世界がこんなに憎しみあっていただなんてさ」

と彼は淡々とだがハッキリとした口調でそう告げた。私は息子を抱き寄せた。

・

夕方、文芸雑誌の編集者でもある古い友人から、今回のテロについて、コメントを集めているのだが、一つ何か書いて貰えないか、という要請の電話があった。

「おい、大変なことになってるな」

彼は興奮を隠さずそう言葉にしたが、そこにも好奇心が見え隠れしており、寝ぼけながらも、みんな考えることは同じなのだ、と思った。

「とにかく、深夜までにコメントなりなんなりがほしい」

　私は、申し訳ない、と丁重に断った。

「つれないこと言うなよ。小説家にとっても大変な時代が来たんだぜ。さっきお偉い先生がよ、こんなことが起こったら、小説で書くべきことがなくなる、なんて言ってたぜ。何書いてもよ、現実の方が凄すぎるからだってよ。どう思う？こんな時代だからこそ、何か書かなきゃってお前だったら思うだろ？」

「わかんない。まだ何もぴんとこない。俺はまだ未熟な作家だし、論説委員みたいに上手に気持ちを分析できないんだ。……それに今な、ちょっと個人的な問題を抱えていて、それどころじゃないってのもある」

　編集者の友人は、こんな大事件よりも重大なことってなんだよ、と声を強める。女房に離婚したいと言われた。捨てられそうなんだよ。二十年も一緒に暮らしてきたのに、なんの前触れもなかった。先方の声から、ふっと力が抜けていった。

「おいおい、こんな時に」

「こんな時ったってしょうがねえだろ。向こうは息子が生まれる前から悩んでいたんだそうだ。それに、ちょっと待てよ」

　枕元に置いてあった紙切れに目が止まった。離婚届である。すでに彼女のサインも判子も押されてある。私は言葉に詰まった。生まれて初めて見る離婚届は、想像よりもずっと薄っぺらいものであった。こんな重大なことがこんなに薄い紙切れで片づけられてしまうのか。私は紙の質を検査するみたいに、つるつるした面とざらざらした面を指の腹で擦ってみた。

「女房は出ていったみたいだな。離婚届が置いてある」

事態を冷静に先方に伝えると、やっと相手も納得した様子で、そうか、そんな状態じゃ、無理だろうな、それじゃあ、しかたがない、と今度は驚くほどにアッサリと諦めてしまった。

「誰か他を探す。ところでそんな大変なことがあって、そっちは大丈夫か？」

友人は最後にそう言い残したが、心のない心配の仕方に、私は軽い憤りを覚えた。大丈夫だと思う、と一応戻し、こちらから電話を切った。息子と妻はその夜は戻ってはこなかった。九州にある向こうの実家に電話を掛けてみたが、出たのは彼女の父親で、しばらくそっとしといてやってよ、と頼まれた。

「君が想像する以上に睦美は精神的な打撃を受けているのだ」

何でも話し合って決めてきた今までの二人からは想像もつかない事態である。いったい何がどうなってこうなってしまったのか、分からない。不条理だと言わざるをえない。向こうには向こうなりの理由があるに違いないが、私には全く見当がつかないのだ。

救いは父親の物言いにまだ穏やかさが残っていたことで、ところどころに、申し訳ない、というニュアンスの気遣いが垣間見えた。

よく、父親とはチェスをやった。気が合っていたと言っても差し支えない。九州に行けばかならず、二人で中心地まで飲みに出掛けた。彼の行きつけのキャバクラに連れていって貰ったこともある。そこの常連らしく、チップを弾むせいか、脂性で禿げているというのに、とても人気があった。そういう男同士の小さな秘密を共有していることもあり、父親は離婚には反対の態度を明確に取った。明確な態度といっても、イギリスやフランスやドイツがテロは絶対に許されない、と直ぐにアメリカ支援を打ち出したのとは少し違って、どこかの国の後方支援程度のものだろう。それでも、拒絶されるよりはましだったし、内心少しほっとしたのも事実だ。

私はまず彼を説得して、妻との溝を埋めようと考えた。妻の父親は、出来る限りのことはやってみるが、と前置きし、亀裂の原因は何か、と訊いてきた。

「分からないんですが、どうも私そのものが嫌なようで」

「そのもの？」

「存在ということでしょうか」

「それじゃあ、理由にはならないよ。だって、睦美は、君の才能に惚れたって言ってさ、二十年前に君を私たちに紹介したんだ。こんなに気の合う人はいないって自慢していた」

「歳月が私を変えたか、彼女を変えたのでしょう」

「そんなの気まぐれみたいなもので、すぐに気持ちが変わるかもしれんだろ。二十年も一緒にいるんだ、もう少し、お互いゆっくりと時間をかけてさ、話しあったらどうだい」

「でも、もう絶対に元に戻るつもりはない、と言われました。ビルが倒壊した直後に」

ビル？　世界貿易センタービルのことです、と私は言った。ああ、あれか、と父親は唸った。倒壊した直後に妻は、これは揺らがない決意なの、とはっきり口にした。いつ彼女は揺らがない決意とやらを決心したのだろう。

「存在を嫌われたんじゃ、どうしようもありません」

「簡単に納得したら駄目だ」

「でも、一緒にいるとアレルギーが起こるんですって。顔を見るのも嫌なんだぞうです。何より考え方や生きかたや価値観が違うと言われた。価値観だなんて、まるで芸能人が離婚する時みたいな言い方は止めろって怒鳴ったんです。そしたら、ほら、と睨まれた。それがいつものあなたのやり方、と私を指さした。一生私を奴隷にする気って、逆切れするんです。四十二にもなって、何も切れなくても……。もうお手上げですよ。昔はあんなことはなかった。いつだって、何をする時だって、相談しあい、助け合ってきたのに。今は憎しみさえ持っていると言うんだから、どうしようもない」

「憎しみ？」

「ええ、そう言いましたよ、確かに」

「心当たりは本当にないのかね？　浮気とかしなかったかね？」

「ありませんよ。冗談じゃない。僕はそんな人間じゃない。お父さんとしかああいう店には行きませんよ」

睦美の父親が黙った。私は冷静さを失いつつある自分を戒めなければならなかった。どんな状況でも、冷静に対処しなければ、回りの理解をまず得なければ、本質のところで負けてしまう。

いや、ああいうものは、男同士の絆を深める道具に過ぎないのさ、と睦美の父親は言い訳をした。勿論です、と私はすぐに賛同してみせた。二人のやり取りのくすぐったさに、私は腹が立って来た。とにかく、と彼は呟いた。

「時間をかけなさい。いますぐに答えを出したら、卓也が可哀相だ。君にとって世界でたった一人の息子なんだし」

結論らしい結論を出せないまま、電話を切ることになる。妻の父親のもっともらしい意見はテレビの中で、専門家たちが喋っている内容と大差がなかった。そうしているうちにも、テレビの中で世界は傾斜し続けていた。ニューヨークのジュリアーニ市長が、行方不明者が数千人に達するだろう、と伝えた。日本人で安否の分からない人の名前が次々に読み上げられていった。日本人までもが犠牲になっていると分かってもなお、私にはいまだ実感が湧いてこない。偽善に満ちた悲しみや怒りは言葉に表すことができたが、これほどのことが起こっているというのに、私は腹も空いたし、酒を呷ることが平気でできた。当然、祈ることなどしなかった。

ただ一度、行方不明になっている息子の写真を持ち、途方に暮れて現場近くを彷徨っている老人の姿が、垂れ流しのテレビ画面に映し出された時だけは、思わず、目頭が熱くなるのを覚えた。老人はどこから入り込んだのか、立ち入りが制限されている現場の、瓦礫の山に立っていた。倒壊するビルの画では動かなかった何かが、その時ちらりと揺れた。老人は、首から写真をぶら下げ、息子に関する情報を提供してほしい、と窶《やつ》れきった顔でカメラに向かって叫んでいた。そうすることしかできない人々の姿に、私の中のどの部分が反応したのかは分からない。息子が言った「世界がこんなに憎しみあっていただなんてさ」という言葉がもう一度耳奥に蘇ってきた。

チャンネルを変えても、テロのことばかりが放送されている。バラエティも野球中継も中止になっていた。よく、こういう事件が起きると必ず登場する学者や有識者が、イスラム社会がアメリカに対して持っている根深い反感意識について語った。それは中世にまで遡《さかのぼ》る、と別の学者が言った。乗っ取られた航空機がアメリカン航空とユナイテッド航空であることは、そのことを良く表している、と別の誰かが言った。いいですか、そこにはメッセージが隠されているんです。沢山ある航空会社の中でどうしてテロリストはアメリカン航空とユナイテッド航空を選んだのか、考えてみてください。何故、デルタ航空じゃなかったと思いますか？

報復は良くない、とさらに誰かが言った。報復はその根深い憎しみを煽《あお》ることになり、不条理が不条理を呼び、世界を混沌に沈み込ませるだけだ、と……。私はテレビを消して、机に向かった。女性誌で連載している恋愛小説の原稿に目を通した。ペンを握りしめてみるが、いつもだったら物語の中へ、すっと躊躇《ためら》いもせず入っていけるのに、いつまで経っても物語の海原へと飛び込めないでいた。いつもの海が時化《しけ》っている。靄《もや》がかかって、先が見えない。

ちょっとまずいことになっているんじゃないか、とその時、はじめてことの重大さに気がついた。世界が思わぬ方向へと沈み、傾きかけている、とぼんやり考えた。誰かが上の方で、第三次世界大戦のはじまりはじまり、と微笑んだような気がした。今度の戦争には終戦はない。ビンラディンを射とめても、テロリストが完全に消え去ることはない。アフガニスタンを実効支配するタリバン政権が消滅しても反米感情は完全にはなくならない。そしてテロが繰り返されて、世界は衰退する。長い時間をかけて破れていくのは民主主義か、と雲の上でまた別の誰かが叫んだ。不謹慎だけが、真実味を帯びて世界中へと広がりはじめている。

考えれば考えるほど、世界がどうなるのか、どこへ向かおうとしているのか、分からなくなった。一向に実感が湧いてこない。全てが遠くで起こっている出来事だからか。かなり遠くで、テロも離婚も……。

・

翌日、私は電話で起こされた。妻と世界貿易センタービルの展望台でマンハッタンを眺めているという夢を見ているところだった。妻を振り返ると、その背後に巨大な機影が迫っているのが見えた。数秒で世界が消滅することを、私は夢の中で悟らなければならなかった。

「締め切りが過ぎてるんですけど」

週刊誌の担当編集者は挨拶も無しに、原稿を催促した。私は、朝からうるさい、と怒鳴りつけた。妻がいたら、ほら、と指をさされていたに違いない。一生あなたの奴隷でいるの？　いつ俺はお前を奴隷にした？　気がつかないことくらいひどい罪はないのよ。私は死にたいって何度も思った。知ってた？　オイ、なんでお前が死ななければならないんだよ。簡単なのよ、死ぬことくらい。あなたは死にたくなることはないんでしょうね。いつも自分中心で生きてきたんだから……。

「死にたくなる時もあるさ」

と呟き、電話を切った。その瞬間、私はあそこへ出掛けてみよう、と思い立つ。あそこに立てば、何が自分の心を塞《ふさ》いでいるのかが分かるような気がした。どれほどの瓦礫で魂が塞がれているのかを見る必要があった。テロリストたちが旅客機のコンピューターに、緯度経度をたたき込んだ場所。今は瓦礫の山となったかつてのモニュメントの袂《たもと》。

その思いつきがなぜだか、その時は最高のアイデアに思えて仕方がなかった。そこに全部の答えがある、と私は確信していた。作家という身軽さも手伝って、鞄《かばん》に荷物を詰め込むと、私はまもなく空港へと向かった。妻に存在を否定されても、世界貿易センタービルがテロにあって倒壊しても、何も感じることのない自分のこの不感症を見つめ直すためには行くしかない、――昔の正常な自分を取り戻すのに一番適した場所は、あそこしかない。現実が薄れていくのをくい止めなければならない。とにかく現場をこの目で見れば、自分がなぜ人々の悲しみや痛みを理解出来なくなったのか、が分かるような気がした。――或いは何故傍にいた妻の気持ちが分からなくなったのか、が分かるかもしれない……。

神戸の大震災の時も結局、携帯電話から寄付を申し出ただけの偽善で終わり、自分の国で起こった悲劇であったはずなのに、被災地へ近づくことはなかった。他の作家が救援物資を持って現地に駆けつけたという美談を聞いても、そういう人もいるのか、と思ったに過ぎなかった。

行けば、自分の中の何かが目覚める可能性はある。救援活動を手伝うことになるかもしれない。或いは小説を書こうと思うかもしれない。何もできなくとも、何かを感じられたらいいじゃないか。とにかくそこに行かなければ何もはじまらない、と私は直感したのだった。

「大変なことが起きているのに、外国ですか？」

タクシーの運転手は言った。私が、アメリカに行くのだ、と言うと、運転手は急に笑いだした。アメリカへ行くって言ってもね、お客さん、ニュース見てないんですか、飛んでませんよ。そりゃ、どうしてって聞かれても、分かりませんけどね、暫《しばら》く飛ばないって。だってまだテロリストたちがあっちこっちに潜伏してるっていう噂でしょ。暫くアメリカには行けないんじゃないでしょうかね。

タクシーはお台場《だいば》を越えたところで、避難スペースに一時停車した。

「どこへ行きますか？　元の場所に戻ります？」

運転手は三十秒おきに質問を浴びせかけてきた。どうしようというのか、自分にも分からない。確かに運転手が言うように、アメリカの空は封鎖されているはずだ。あれだけテレビを見ていて、そんなことくらい知っていたはずなのに、こうして取るものも取り敢えず出掛けようとしている自分の錯乱が心配にもなった。

「でも、ニューヨークに何があるんですか？」

運転手は黙り込んだ私に向かってそう微笑んだ。ニューヨークへ行こうと思ったそれまでの経緯を、自分に言い聞かせるように、説明してみた。運転手は真剣な顔つきになり、少し休息したらどうです、と私の独白を聞きおえた後、優しく告げた。もう男は笑ってはいなかった。

「あなたがそこへ行っても、働いている人達の邪魔になるだけじゃないかな」

少しきつい言い方で運転手は私を突き放し、それから数秒間をあけて、言い過ぎたと思ったのか、口許に笑みを浮かべ直すと、口調を戻した。

「自分もね、昔、会社にいた頃、同じような気分になったことがあったんです。でも自分の場合はね、休息したんですよ。早い話が仕事を辞めたんだ。ここではないところに、自分を置いてみた。余裕を持たなければ、人の痛みなんか感じることはできない。奥さんに離婚を言い渡されたのはね、きっとお客さんが人の痛みも分からなくなるくらい仕事ばかりしてきたせいじゃないですか」

もっともだったが、はいそうですか、とその言葉を受け止めるわけにはいかなかった。もっともな事が全て正しかったら、小説など書けなくなる。メディアの中はほとんどがもっともなことだった。私は運転手に聞こえるようにわざと大きく嘆息を零《こぼ》してみせた。

「今の時期は北海道がいいんじゃないですかね。どうせだったら、このまま羽田へ行きなさいよ。一時間とちょっとでしょ。で、北海道でさ、旨いものでも食って、ノンビリしてみたら？　なんか感じるようになるんじゃありませんかね」

・

どうして男の説得に乗ったのかは分からない。北海道に行って、旨いものを食べたいと思ったわけではない。ただエネルギーの矛先をどこかに向けなければ、私は元にはもう戻れないような気がしたのだった。

それから数時間後、五年ぶりの北海道の地に立っていた。千歳空港駅から電車に乗って札幌を目指した。電車の中で隣の席の中年男性が読んでいるのは、若い編集者に原稿を催促されたあの週刊誌だった。いやだな、と思ったが仕方がない。こういう現実もある。何について書いたものか、思い出そうとしていると、不意に男が笑いだした。旅客機がビルに突っ込んだ映像が誰の脳裏にも鮮明に残っている最中、冷や冷やした気持ちで飛行機に揺られてここまでやって来たというのに、なんとも不謹慎に聞こえた。ふと覗き込むと、男が読んでいたのは、私の連載ページであった。つまりは不謹慎の源は私なのだ。妻が離婚を真剣に思い詰めていた時に、私はどんなエッセイを書いていたというのだろう。男が途中の駅で下車したので、置いていった雑誌を拾い、ページを捲《めく》った。政治の腐敗に関する文章だったが、笑いたくなるような箇所は見当たらなかった。或いは隣席の中年男性は私のことを最初から気がついていたのか……。

締め切りのことを思い出した。怒鳴りつけた担当者は今頃、私を探しているはずであった。今まで、一度も原稿を落としたことがないせいもあり、そのことが気掛かりになった。鞄に放り込んだままの携帯を取り出してみると、着信、とあった。留守番電話を確認すると担当編集者の悲痛な声が入っていた。

「締め切りを過ぎてます。これが落ちると、僕はクビになるかもしれないんです。先生、なんとか、原稿をお願い致します。先生が悩んでいるのを助けられずに申し訳ない、とは思います。その、自分に何ができるかわかりませんが、どうか原稿を送って下さい。今、お宅の前にいるのですが、どうも皆さんご不在のようで、安否が気になってます。あの、でも、死のうなんて、考えないでください。何があったか分かりませんが、考えないっすよね。最悪、原稿よりも先生の命の方が大事ですから。これは本心ですよ。だから、とにかく一度電話だけでも下さい。原稿を落としても、命だけは落とさないで。あの、僕、先生の担当になれてホントに嬉しかったんです。先生の本好きでした。先生が苦しんでいるのに、原稿の催促なんかしてしまって、すみません。大丈夫ですか、ええと、とにかく一度」

留守録はそこで切れた。ついでに電源を切ってしまった。

・

ホテルに到着すると、私はシャワーを浴びて、少しの間、裸のままベッドに横になった。ニューヨークへ向かうはずが、たどり着いたのが、このベッドの上だった。しっかりしたスプリングで寝心地はいい。室内は不安になるほど、しーんと静まり返っていた。冷房機の音を聞きながら、三十分ほど天井を見つめて時間をやり過ごしたが、このままでは寝てしまうと思い、無理して外出することにした。

ススキノのラーメン横丁に行き、昔一度取材で立ち寄ったことのある店で塩ラーメンを注文した。テレビがニューヨークの続報を流していたが、行方不明者の数が五千人にのぼると伝えていた。五千もの人が一瞬に押しつぶされたのかと考え、箸が止まった。ニューヨークは爽やかな秋晴れなのに、そこだけが熱と煙と倒壊地獄なのだ。崩れ落ちるビルとともに、一瞬にしてあらゆるリアリティが消えた。

私は箸を置き、店を出た。ネオン瞬く歓楽街をしばらくぼんやりと歩いたが、どこからともなく近寄ってくる風俗の勧誘は煩《うるさ》く、結局彼らを振り切ってホテルへと戻った。テレビに背を向けて、他にすることもないので、私はエッセイを書きはじめた。最初、今回のテロについて書こうと思い、フロントから取り寄せた原稿用紙に向かったのだが、遅々として筆が進まず、結局、最近読んだ外国の小説についてのつまらない感想文を綴った。読みなおしても、何が面白いのかさっぱり分からない原稿であり、こんな時に他に何も書くことはないのか、と呆れるばかりの内容となった。喜ぶのはクビがかかったあの若い編集者くらいのもので、それがちょっとしゃくに障った。

もうこういう仕事はうんざりだ、と私は書きおえた後、鉛筆を折った。フロントに原稿を持っていき、ファックスで編集部へと送ってもらうことにした。その後、ホテルのバーへ出掛け、閉店まで一人でいつものアイルランドの酒を嘗めることとなる。

・

翌朝、怖い夢から目覚めると、カーテンの隙間から一条の光が零れていた。夢の中で私は世界貿易センタービルに突っ込もうとしている旅客機を操縦していた。隣で妻が、私を巻き添えにしないで、と呟いた。まもなく乗客と思われる白人が操縦室に乱入してきて、押し問答があったが、誰も旅客機を止めることができず、機体はビルへと容赦なく突っ込んだ。迫るビルの、窓ガラスの向こう側で、何も知らずに働く人々の日常の姿が一瞬見えた。

首筋に寝汗を掻いていた。ふらふら起き上がると、窓際へ行き、力任せにカーテンを開けた。チェックインした時がすでに薄暗かったので気がつかなかったが、窓側は中島公園に面していた。窓の下には北国特有の喬木の森が広がっており、真ん中に大きな池があった。正面には藻岩《もいわ》山が聳《そび》えていて、乾いた光が万遍なく、目の前の現実世界にとても穏やかに降り注いでいた。

散歩道を人が歩いているのが見えた。枝葉の合間に、人々の長閑《のどか》な影が伸びている。爽やかな北国の風が室内に吹き込んできたので、急いでそれで顔を洗った。瞼を閉じても、光の輝きは失せず、暫く心地よい目眩《めまい》を楽しんだ。感傷的な行動が嫌いな私だったが、自分も森を歩いてみたい、と思った。そう考えると落ちつかなくなり、ふと気がついたら部屋を飛び出していた。

フロントで行き方を聞き、ホテルの裏庭を抜けて、公園へと出た。歩道を少し歩くと、まず正面に藻岩山が勇姿を現した。空気が澄んでいるせいでか、山の輪郭が明瞭に浮き立って見える。雲一つない青空が山の上空に広がっていた。

散歩道を少し歩くと、古びたボート乗り場があり、幾艘ものボートが係留してあった。まだ朝が早いせいか、誰もボートに乗る者はおらず、係の老人が一人ぽつんと揺り椅子に座ってまどろんでいた。乗り場まで行ったものの、どうしたいのかが分からず、私は絶景を目前にじっと佇《たたず》んだ。池の光の反射に目を細めて、風を感じていると、後ろから係の老人に、乗りますか、と声をかけられた。普段だったら絶対に乗ることはない。何が楽しくてあんなものに乗るのだ、と妻に文句を言うのが関の山であった。ところがその時ばかりは他にする事もなかったし、老人の声にはあざとさがなかった。乗りたければどうぞ、と背中を優しく叩かれたような感じだった。美しい景色や澄んだ空気のせいもあった。東京やニューヨークで同時に起こったいろいろな出来事から避難したかった。とにかくそれらが一緒くたに私に襲いかかり、ついには、押し出されるようにボートに足を踏み入れることになった。

老人は椅子から腰を上げると、係留されている一艘のボートを手繰り寄せた。ボートの縁を摑んだ状態で、さあ、乗って、と彼は想像していたよりも張りのある声で言った。用心しながら、最初の一歩を踏み入れた。何をしているんだ、と考えた。こんなことをするためにここに来たわけじゃない、と心の中でぼやいた次の瞬間、足場が、いつもあった硬い地面から、水に浮かぶボートに体重が移ったせいでか、ゆるりと滑って、後ろに倒れそうになった。

「ほら、気を付けて」

情けないことに老人に体を支えられてしまう。私は中腰になりながらも、なんとか踏ん張り、やっとそこに腰掛けることができた。老人が微笑み、準備万端、と言った。私は、なんとか、と言い返したがまだ笑みを拵えるほどの余裕などなかった。

生まれて一度もボートに乗ったことがなかったことを思い出すのは、二本のオールを摑んだ瞬間である。テレビでよく見るので、乗ったことがあるような気になっていた。

「これ、どうやって、動かすんですかね」

恥ずかしがる必要もなかった。何せ、そこには私と老人しかいないのだ。まさか、知らないの？　という顔をしてみせたが、老人は笑っただけであった。使い方を簡潔に説明してくれた。そうか、前に進む時はこうで、曲がる時はこう、だね。

「前に進みたい時は自分に向かって手前にオールを漕ぐ。ボートは前に進むが、君はなんと正面に対して背中を向けていることになる」

　老人は微笑んだ。老人が原始的に手で押し出したボートは、静かに池の中程へと向かった。習った通り、漕いだ。ぎこちないのは最初の数分で、まもなくボートは滑らかに動くようになった。確かに、前に向かっているのに、私は背中を向けていた。

　漕ぐことに夢中になっており、二、三分くらい経って顔を上げてみると、ボートハウスは随分と遠くにあった。既に老人は椅子に深々と腰掛けて居眠りをはじめている。ずっとそうしていたかのような眠りの中にいた。

　ホテルが見える。振り返ると、正面には藻岩山があった。池の辺には喬木が空へと競って伸びていた。その一つ一つに光が平等に降り注いでいる。平和な光景だった。そこには悲しみも憎しみも何もなかった。ぽつんとただ一人池の真ん中でボートを漕いでいるのである。簡単な原理、――漕ぐのを止めると、ボートは止まった。不安定な水の上だが、奇妙なほど安らぎがあった。三百六十度、見渡す限り、美しい景色に囲まれている。ホテルの上から見た時と眺めが違っていることに気がついた。ここに来なければ絶対に気がつかなかった風景があった。何がどう違うのか説明ができない。木は木だし、山は山で、空は空だ。ホテルの部屋から見た景色を言葉にすれば、そうなる。でも実際に今自分が見ている景色はこの池の真ん中までボートで漕ぎださなければ決して見ることのできなかった風景であった。

綺麗だな、と思った。誰かにこの感動を伝えたい、と思った。私はポケットの中に携帯電話があることを思い出し、興奮した。これさえあれば、日本中にこの感動を届けることができる。いろめきだった私は、ポケットを漁《あさ》り、携帯電話を取り出すと、電話帳のメニューを押した。仕事上付き合いのある連中の名が次々に現れては消えていく。どんな顔だったかさえ思い出さないような連中の名前の中から、この感動を伝えるに相応しい人物を探し出そうと必死になった。

誰にかけよう。誰にこの感動を伝えよう。誰だったら、この感動を分かち合えるだろう。誰だったら、今自分が見ているものを同じ気持ちで喜んでくれるだろう。これを共有してくれるだろう。必死に探したが、適当な人間はそこにはいなかった。興奮の後に、落胆があった。こういう時に電話をかけたいと思う人間がいないなんて。なんて寂しいんだ、と私は考えた。

残ったのは、親と息子の肉親だけであった。きっと彼らは自分が行方不明になったら本気で悲しんでくれる数少ない人間たちである。瓦礫の中を写真を掲げながら息子を探し続けるあの老人のことを思い出した。あの人は、あそこから瓦礫が全て撤去された後もきっと、消えた息子を探し続けるのであろう。そう思うと、何年か後に、整地された世界貿易センタービルの跡地に、花を植えている老人の姿があるような気がした。不意に悲しくなり、どこからともなく涙が出て、それが頬を伝い、自分のズボンの上に落ちた。北海道の、中島公園の、池の真ん中で……。

ハイジャックされた機内から携帯で、私は妻に、愛していたよ、と最後のメッセージを送ることができるだろうか。

『次のクリスマスは一緒に過ごせないけど、先に天国で待っている……』

頭の中に瓦礫の山が出現する。誰かを必死で探す自分がそこにいた。写真入りの手製のチラシを胸にぶら下げ、最愛の人の名を呼びつづける私。霞んだ視界の中で、途切れ途切れの人々の声を必死で聞こうとする私。誰かの名前を呼び続ける自分の声が聞こえた気がした。何に向かってか、祈る自分の姿を見た。手を合わせ、空に向かって祈る自分がいた。現実の方が幻よりも脆く消えやすい世界。憚《はばか》ることなく泣いた。誰にも遠慮する必要もない場所で……。

誰にも見られていないはずなのに、何故か私をそっと覗く者があるように感じ、静かに振り返ると、そこに太陽があり、そこに山があり、そこに木があり、そこを風が流れていった。

携帯の呼び出し音が静けさを破って、私を不意に現実へと連れ戻した。涙を拭いながら、非通知と書かれた液晶をぼんやりと眺めた後、それをゆっくりと耳にあてた。

「先生、原稿ありがとうございます」

若い担当者の声が耳元で弾けた。

「生きてますね。生きてください」

編集者は叫んだ。私は、ありがとう、と返事を戻した。それ以上は言葉が続かなかった。

バッドカンパニー

Bad Company

何食わぬ顔というものがあるが、その時、トモノリはそういう表情で僕を見ていた。でも奴のポケットには確かにそれがあった。それは噂だったけれど、真実味はある、と僕は思っている。だいたい奴はいつだって狩猟用のハーフコートを着ていたし、それで前を隠すような素振りをしていることが多かった。

「よお、元気?」

挨拶なんてものには、決まりはないが、僕等の仲間はたいてい、こう言い合う。すると、みんな決まって、ぼちぼちかな、と応える。この街では適切な距離というものが重要で、それはここで生きていくための愛嬌のようなものになっている。少なくとも、この街では、特に話がなくても挨拶だけは交わし合っておくというのが、仁義。

トモノリはちょっと前かがみになって、さむいな、と続けた。噂は本当だろうか、と僕はトモノリの顔色を窺う。でも、覗き込むようにしてはならない。感情というものを他人へぶつけるときは、よっぽど仲が良くならないとしてはならない。トモノリと僕とは、仲間でもないし、友達とも言いがたい。同じ街で生まれた、同世代の、ただの知り合いという感じだ。味方でもなければ、敵でもないといったところ。つまり、敵にもなるし、味方にもなる、微妙な関係。だからこそ、適切な距離が重要になる。

奴が、さむいな、と言ったということは、挨拶だけではこの場は終わらない、ということを意味してもいる。それが信頼から来ているものか、あるいは、何かを試されているのかは分からない。とにかく全てに用心しなければならない。

何か、金属の擦れあうような、コンという音がしたので、僕はちょっと意識が詰まった。奴のコートのジッパーが擦れあった音かもしれないのに、僕の耳は敏感にそばだっている。

トモノリは相変わらず、何食わぬ顔をしている。噂を確かめるには絶好の機会ではあるが、なんとなく場所もタイミングも悪い気がしてならない。深夜のコンビニエンスストアは閑散としており、僕とトモノリ以外には客がいない。奥のレジには、眼鏡をかけた青白い顔の、ちょっと冴えない青年がいるだけだ。コンビニの中には、ある種独特の匂いが籠っており、それが僕をぎゅうぎゅうと押しこんでくる。

トモノリの右手が気になる。ポケットに入っているそれは、丁度、股間のあたりでもぞもぞとしている。左手も、だいたい同じ位置で動かない。この二つの手首の位置というものが、噂を拵えている最大の要因である。いや、それだけではなく、彼の、どこを見ているのか、つねに疑わしいその二つの曖昧な目つきというものも、噂に信憑性を付加させるに充分な材料となっている。

トモノリの目がちょっと動いた。それは地べたを這うヤモリのようなこそこそ、がさがさ、にゅるにゅる、といった具合の狡猾《こうかつ》な動きであった。様子を探っているような、不気味な目の動き。もしも何か企んでいるのなら、今ここに奴と一緒にいるのはかなり不味い。

「さむいなって言った」

トモノリはそう言った。僕は、ああ、そうだったな、と戻した。仲間たちの間では、昔からトモノリは拳銃を持っている、との噂があった。ポケットに手を入れて、深夜の街を徘徊するその姿から立ったものだが、数年前に近くのコンビニが拳銃を持った覆面の男に襲撃されて以来、一段とその噂に真実味が増したのだ。

去年は、警察がトモノリの家を調べた。近所で放火騒ぎがあって、その関連での捜査だと刑事は近所に説明をしていたが、僕たちはみんな、それが別件捜査だろうと信じて疑わなかった。

こうして間近で見ると、ポケットの膨らみは確かに、拳銃の形に見える。どこまでが本当のことでどこまでが噂なのかは分からないが、問題は今、目の前にいるトモノリのそのポケットの中に、アレが入っているのかどうか、ということだ。

「昔さ、いっしょに下校した時のこと覚えてるか」

不意にトモノリがそんなことを言いだしたので、僕は思わず奴の目を覗き込んでしまった。カメレオンのような目をしている。奴の意識というものはここではないどこか遠くにあった。店内の状況を冷静に分析しているような。同時に、その気配を消すために、僕は利用されているような。

「下校?」

「小学校では同じクラスだったじゃん」

僕はちょっと記憶というものに自信がない。だから眉間に皺を寄せながら、思い出を記憶の袋から取り出すために、数秒を要した。十年も前のことは、この街では大昔のように感じる。いろんな事件がしょっちゅう起きて、仲間たちが次々に牢獄にぶち込まれていくここにおいては、小学校なんていう、惚けたオールドな言葉は、どこか大昔に引いた神社のおみくじの末吉くらいの意味しか連れて持ってはこなかった。

そうだっけ、と言いそうになって、思わず口を噤み、ちらっと奴のポケットへ目をやって、ここは逆らわない方がいいだろうということにした。

「そうだったな。随分と時が経つのは早いもんだ」

おお、とトモノリは言い、珍しいことに、にんまりと笑った。相変わらず視線はばらばらの方角を探索していて、それはいつでもここを襲撃できる、と思わせるに充分な迫力であった。トモノリの体がきもち、僕の方へにじり寄った気がしたので、僕の体が敏感に反応し、肛門の筋肉がぎゅっと引き締まった。

「あの頃はよ、仲良かったよな」

愛想笑いと言えるほどのものではないが、こういう場合、口許を少しだけ友好的に歪めることが大切である。左側の頬の肉をちょっとひっぱって、敵意のない笑みを拵えることは、このぶっそうな街で生きていくために、子供の頃から身についた自己防衛本能といったところか。

「一時期は毎日いっしょに登下校をしたもんだ。なのに、いつの頃からか、お前は別の奴といっしょに登下校をするようになった」

責められているような、ちょっと奥歯にものが挟まったような口調である。

「子供なんて、そんなもんだ。友情には流行のようなものがある」

ああ、確かに、と僕は戻した。トモノリが明らかに肩を僕に押しつけてきた。カチャっという音がした。それは金属の鈍い響きだった。まるで拳銃の引き金を引いたような。意識が過敏になっているせいかもしれないが、僕の想像力は勝手にどんどん暗い未来へと突き進み、そこに暗黒を描き出した。

「二年生の時かな、クラス替えがあって、俺たちはいっしょの組になった。お前が俺の隣でよ、必然的にいっしょに登下校をした。ところが、ある時、お前は他の奴と帰るようになった。俺も、人のことは言えない。別の奴といっしょに帰るようになって、何時の頃からかな、二人はいっしょに登下校をしないようになったんだ」

説教をされているようなそういう口ぶりであった。コンビニの店員が籠に商品をめいっぱい載せてやってきた。トモノリが店員に背中を見せる恰好をしたので、つまり拳銃を隠すようなそぶりに僕には見えたのだが、三たび僕は噂のことで頭の中がいっぱいになり、同時に目の前がまっしろになって、思わず息を止めてしまった。

「時々だけどよ、街角でお前を見かけると、いつも懐かしいなって、思ってたんだ。でもこんなに近くで生きてても、一度人生の道を別々に歩くようになると、中々再び近づくということは難しいようだな。こんなちっぽけな街なのに、何ヵ月も何年もすれ違わないこともあった。不思議だよ。どうして、俺たちはさ、仲良しを続けなかったのかなって、時々思ってたんだ」

　拳銃がどうしても自分に向けられているような気がしてきた。こいつは僕を撃つ気なんじゃないかなって思いはじめる。

「なあ、あん時よ、どうしてお前は、俺といっしょに下校しなくなったんだ？」

「昔のことだからな。よく覚えてないんだよ」

「俺はよく覚えているぜ」

　記憶にないが、何かとんでもないことをかつて僕は彼に対してしたのだろうか。別の仲間たちといっしょになって、トモノリのことを苛めたとか。一生懸命思い出そうとして、手に汗が溢れた。そういえば、トモノリは、小学校の中学年の頃に、よく苛められていた。挙動不審だし、雰囲気が怪しいせいで、当時の番長グループの恰好の標的となったのだ。その時、僕はいっしょになって苛めたりはしなかったと思う。しなかったが、助けもしなかった。割り箸で鼻の中をつつかれていた記憶を思い出した。教室の隅で、トモノリが鼻を押さえて倒れている記憶もある。そういう記憶が残っているということは、その場に自分もいたわけで、昔、仲が良かった友達を見捨てたと彼が考えたとしても不思議ではなかった。思わず、唾液をごくりと飲み込んでしまう。

「何を覚えてるんだい」

おそるおそる聞いた。トモノリは、不敵な笑みを片方の口許に浮かべた。

「いや、よく覚えているさ」

声に力が籠って、トモノリの視線が僕の顔に焦点を合わせた。それまで、どことは言えない店内を彷徨っていた視線が急に、一つに結ばれたことによって、僕の動揺は頂点を極めた。

「お前はさ、ヨシダといっしょに帰るようになった」

「ヨシダ？」

「転校生だよ。ヒロシマから越してきた奴だ。覚えてないのか？」

僕は正直に首を左右に強くふって、覚えていない、ことを強調した。覚えてないんだ、とトモノリは呟いた。そうかい、覚えてないんだな。

「当時のセンコウによ、家が近いんだから、いっしょに帰ってあげなさいって言われたじゃん。そんで、お前はそいつと登下校をするようになった」

何が言いたいんだ。トモノリが僕に対して、何を根に持っているのか全く分からなかった。ヨシダという転校生のことも全く記憶にない。そんな昔のことといちいち覚えているわけがない。それではそれをいまだに覚えているこいつはいったいなんなんだろう。

「俺はよ、お前がヨシダといっしょに帰るようになると、一人で登下校をするようになった。お前は、最初の頃は、なんか申し訳なさそうな顔で俺とすれ違うたび、微笑んでいたが、そのうち、それすらなくなって、まるで俺は遠い日の思い出みたいな扱いにされちまったんだ。俺は、つまり俺はよ、傷ついてたのさ。まだ思い出さないのか」

僕は、できるかぎり小さくかぶりを振った。

「それからの俺は運が離れるってのかね、何かお前が離れていったことが原因でもあるかのように、いや、俺は原因だと思ってる。だって、クラスの他の連中は俺にはもう価値がない、とでもいわんばかりの視線で俺を見はじめたんだからね。そうさ、誰も近寄らなくなった。誰も俺とはいっしょに登下校をしてくれない。下校の時間が辛くて、よく俺は早退をしたものだ。なんかあの時に俺の友達運というものが全て狂ったんじゃないかって思う。小学校時代はお蔭で暗かった。四年生の時に、エンドウという友達が出来て、そいつが俺とつるんで遊んでくれはしたんだが、エンドウもそのうち俺の元を去った。というのか、エンドウは女に走ったんだ。小学校の四年生で、中学の女と付き合ってた。エンドウのことは覚えてるだろ？　洟垂《はなた》れ小僧のだらしのない奴のこと」

　知らない、と思わず口走った。ここにいないほうがいいに決まっている。でもどのタイミングでここから去ればいいのか、分からない。なんとなくだが、トモノリはコンビニを襲撃しようとしていたのではなく、最初からコンビニで僕を待っていたのではないか。ふとそう考えて、背筋に悪寒が走った。奴は最初から僕をここで待ち伏せていたのだ。ここは僕の住むアパートから目と鼻の先。一番利用しているコンビニでもある。これほど執念深く過去のことを持ち出すトモノリの性格ならば、ここで何日も僕を待つのは苦ではないはずだ。

「ちょっと待ってよ。なんか、誤解とかあるんじゃないかな。俺がさ、お前といっしょに登下校していたのは、小学校に入学した当時だろ。それってもう十年も前のことじゃない。それに小学校の一年生とかってさ、まだ友達とかそういうレベルではなくて、なんだかこう出来ては消える水たまりの泡みたいなもんだと思うんだよ」

「あぶく？」

「ああ、友達とかそういう感じで登下校していたってよりさ、家が近かったり、席が隣でさ、なんとなくいっしょに帰っていたとかいうレベルだと思う」

トモノリの顔が急に暗く沈み込んでいくのが手に取るように伝わってきた。歯を剝き出しにして奴は舌打ちをした。目が鋭くなり、視線は地面を這っている。

なんとなく？

「今、お前さ、なんとなくって言った？　なんとなくいっしょに帰っていたレベルってそれ、どういうレベルだよ」

「いや、それは言葉のあやでよ」

「あや？」

「おい、わかんないよ。お前が何を根に持っているのか。何が言いたいのかもわからない。俺たちは昔仲が良かった、じゃダメなのか」

トモノリは必死に何か考えている。目が泳いでいる。生理用品の棚から、日曜雑貨の棚へと視線が移る。それから缶詰のコーナーで止まり、再び生理用品の棚へと戻ると、ちょうどコンドームが並べられたところで定着した。

「お前はそうかもしれないが、俺はずっとあの頃の楽しかった思い出を大切に持って生きてきた」

何も戻せなかった。これで撃たれたら、僕の一生というのは滑稽すぎる。新聞に何と出るのだろう。コンビニで理由なき拳銃乱射。犠牲者の青年と犯人との接点に残る謎？

「馬鹿なことは考えるなよ」

僕は冷静さを装って、そう言った。いかなる時も、ここでは冷静さを失ってはならない。この街の中で長生きをしたければ、ふりかかる火の粉を素手で払いのけるような愚かなことをしてはならない。これは僕の兄が僕に教えてくれた特別大切なことである。兄は今、駅前で板前をやっている。かつてはこの辺りでは名の通った不良だったが、うまく人生をシフトした。僕は兄の助言に助けられてなんとか今日までこの街で生き抜くことができた。これからも生き抜かなければならない。

「今でも、俺はお前と友達だと思ってるさ」

できるかぎり小さな声で、俺はそう言った。トモノリは相変わらず、生理用品コーナーに目を留めたままである。やや前かがみになって、その背中は丸まっている。

「いいか、この街で生まれたということがもう同じ穴のムジナということだ。同じ小学校で席を並べた仲ということは、それは幼なじみということだ。こうやって街ですれ違えば、挨拶もするし、話もする。誰とつるんでいるかってことよりもさ、もっと大事なことがある。それは昔からの付き合いだ。俺だって、お前といっしょに登下校していた頃の、なんというのか、青春の思い出みたいなものは大切だと思う。その気持ちはいっしょだよ」

ところどころつっかかりながらも、なんとか、説明をした。奴は黙ったままであった。納得をしたとは思えない。そんな単純な奴ではない、はずだ。何せ、奴は拳銃を隠し持っているような輩《やから》なのであるから。僕は、このかつての同級生に謂れなき理由によって、このひとけのないコンビニで撃たれて死ぬのだろうか。そして新聞の片隅に、切れた者同士の乱闘、と載って片づけられてしまうのだろうか。

「そうか、気持ちはいっしょなんだな。それだけ聞けて楽になったよ。これまで十年間も引きずってきた重りを下ろすことができる。すまない」

その時、トモノリの手が動いた。撃たれると思い、思わず体が反射的に反り返った。トモノリの右手がポケットからすっと出てきた。まるでスローモーションの映像を見ているような一こま一こまくっきりとした絵であった。僕は叫び声すらもあげる余裕がなかった。しかし、そこには拳銃は握られてはいなかった。差し出されたのは握手のための真っ白な手であった。

「じゃあ、これからもよろしくな」

僕の心臓はいつまでも冷静さを取り戻せないままだった。

「これからも、ずっと仲間だな。俺は、仲の良かった頃のことをいつも思い出していいんだな。いいんだよな。お前もよ、俺が、どこか遠くへ行っても絶対に俺のこと忘れないでくれよな」

まだ、心臓が唸りを上げていた。瞬きさえもできないほどに、僕はまっすぐに彼を見つめていることしかできなかった。それほど大きくはない、差し出された手を、僕は摑んだ。すると彼はそれを大きく上下にシェークした。トモノリは例の顔に戻っている。何食わぬ顔という奴だ。僕は引きつった顔のまま、踵《きびす》を返すと、また、と小さく告げ、半分だけ手を振り上げた。

「ここでばったり会えてラッキーだったよ。いい思い出がまた出来た」

トモノリが言った。僕はもう振り返らず、そのまま店を出た。満月がビルの上で輝いている。ちょっと涼しい夏風が汗だくの僕の体を素通りしていった。信号は青で、夢遊病者のように、僕はその交差点の中心目掛けて歩を進めた。右足と左足が妙によそよそしいのだ。右手と左手もやはりちぐはぐであった。

交差点の反対側に渡り切ろうとした丁度その時だった。背後で、パン、パン、という破裂音が響いた。左側のポケットに忍ばせていたに違いない。振り返ると、トモノリが、コンビニの入り口で仁王立ちになり、店内目掛けて拳銃を乱射しているのが見えた。ガシャンという音がして表側に面したガラス窓が粉々に砕け散った。歩いている人々から悲鳴があがった。奴の目は、もうまどろんではいなかった。口許で歯が白く光っていた。どこか遠くへ行っても絶対に俺のこと忘れないでくれよな、という彼の言葉が頭の中で反響して離れなかった。やっぱりトモノリは拳銃を持っていた。僕は路地裏目指して一目散で走って逃げた。パンという銃声がこのどうしようもない街を目覚めさせようとする度に、闇の底の方から浮上して来る記憶の断片があった。夏のむんとするアスファルトの溶ける匂いの合間に、月光の淡さと同質の危うさで、その塊は存在していた。それはこの街の路地裏を、幼い二人の小学生がぶつかったり離れたり、手を繋いで、ふらふらと寄り道しながら歩く和やかな姿であった。

好青年

A Nice Young Man

何から話していいのやら、どこからどう切り出していいものか。もう三十年も昔の、酷い女に引っ掛かった目茶苦茶な話なんだけれど、でも何故かあの頃のことは思い出すたび胸が締めつけられるんだな。とにかく当時俺は四十九丁目界隈のピアノバーなんかに出入りしている日本人商社マンたちの間では好青年と呼ばれていたわけだが、本当はそれには二つの意味があった。俺が光子と結婚したての頃は彼らが口々に言う好青年という響きには悪い方の意味が皮肉たっぷりと含まれていたんだ。光子は事情を知らないものだから、新天地ニューヨークでいつも愛想を振りまいて、その言葉をいい意味にとっていた。

光子と見合いをしたのは、創業者の奥さんの執拗《しつよう》な仲介があったからだが、そもそも俺は自分で言うのもなんだが非常に晩生《おくて》でね、今だってそうだ、エッチな話にもそれなりには付き合えるが、実際は口ほどでもないんだ。風俗関係の店にも自分から好んで行ったりは出来なかった。いまでも出来ない。いやこれは本当の話。それで好青年というあだ名には、なんというのかな、図星だな、と思う反面、言われるたびに耳の裏辺りから滲《にじ》み出るような照れを覚えていたものだ。だから沓子《とうこ》のような女に俺はあんなに簡単に引っ掛かってしまったのかもしれない。つまり予防がまるでなかったわけだな。

光子と婚約したその喜びを俺はニューヨークに持ちかえった。一九六八年の夏のことだった。まだ今のようにニューヨークに日本人が溢れていた時代じゃない。日本人なんてほとんど見かけなかった。一ドル三六〇円の時代だよ。ヒッピーたちがワシントンスクエアなんかにたむろしててさ、反戦歌なんか歌っていたな。いっしょに混じって歌いたかったけれど、なにせ俺たちは戦争をしかけて破れた国の人間だからね、そういう輪の中にはもう一つ入り辛かった。だから俺には、あの華やかなニューヨークの街も一つの風景としてしか記憶されてはいないんだ。

四十九丁目のピアノバーはなんて言ったかな、確かキヌとかクニとかいう名前だったと思うんだが、このへんの記憶もかなり怪しい。そのクニだかキヌだかの常連たちは全員日本人でさ、それこそアメリカ人なんて一人もいなかった。そこでは、銀行とか商社とかの企業戦士たちが夜な夜な集まっては、日本の思い出を酒の肴に朝まで飲むというお決まりのコースが出来上がっていたんだな。

俺はニューヨーク暮らしが長かったからさ、とにかく寂しくてしょうがなかった。わかるだろ、今のように簡単に行ったり来たりできる時代じゃなかったんだからね。一度行くと行きっぱなしだった。アメリカは本当に遠かった。大冒険だったよ。

俺が光子との婚約をその店で仲良くなった常連客たちに告げた夜、そこに沓子はいた。円陣を組んで婚約話で盛り上がっている俺たちを少し離れた場所から冷やかに見ている女が沓子だった。束ねた長い髪がつややかに片方の胸元を覆い隠していた。育ちのよさそうなお嬢様タイプだったな。まあ、気になる存在ではあったが。でもだからって強烈な印象はなかったな。だって俺は光子との結婚のことで頭がいっぱいだったんだから。

みんなにも婚約までの経緯を一生懸命話してさ、ああいうのってわかるかい、話せば話すほどに思いは高まるし上気するものでね。来年の一月十五日にニューヨークで式を挙げることになった、と全員に向かって説明している時なんか、何て言うのかな、理屈ではなく胸にじーんとこみ上げてくるものがあったな。

その夜は仲間たちにさんざん冷やかされてさ、好青年も年貢の納め時だな、なんて言われてね、俺はすっかり婚約の件で舞い上がっていた。

会がお開きになってみんな三々五々家路につきはじめた時のことだ。仲間の一人がつかつかと俺のところに近づいてきてさ、あいつがお前を気に入ってしまったって言ってるんだけどって、沓子の方を指さして言った。カウンターの前に立っていた沓子の瞳が照明のせいもあってやたらにいきいき輝いていたのを覚えているよ。そう、と言って一応お辞儀はしたけれど、だからって急にその瞬間にそこから何かがはじまるということはなかった。

沓子のことはそれですっかり忘れてしまっていたんだ。光子から毎日国際郵便が届いていたし、結婚へ向けて俺たちなりにいろいろ準備しなければならないこともあったし。ニューヨークのホテルで式を挙げたいというのが光子の希望でね、ニューヨークで挙式なんてあの時代の日本人にしては物凄く贅沢《ぜいたく》なことだ。まあ、光子の父親という人はさ、急成長している洋酒会社の重役だったし、二人を結び付けてくれたのが俺の会社の創業者の奥さんだったろ、逆に言えば中途半端な式は、挙げたくても出来なかったわけだ。俺にとってもニューヨークは好都合だった。だってもしも東京で式を挙げてたら、会場中がお偉いさん方で埋まってさ、息苦しくて仕方なかっただろうからね。

　そんなある日、休日のことだったと思うんだけど、突然杳子がさ、俺のアパートにやってきた。驚いたね。その時の恰好まで俺は鮮明に覚えているよ。流行のミニスカートを穿いてさ、ひざ小僧を出しているんだもんな。片手に開ききったグラジオラスかなんか、豪勢な花を抱えていた。映画女優ばりに頭に大きなサングラスを載せて、睫毛もさ、長くて、しかもくるりと見事に巻いていたな。そのせいで大きな瞳がいっそう強調されて、あの薄暗いピアノバーで見た時の印象とは違って、随分と華やかだった。

　会話なんてなかった。杳子は部屋に入るなり持っていた花をテーブルの上に放り投げてさ、そのまま寝室の窓際へ詰め寄ると、カーテンを閉めてしまったんだ。その動作はまるで十年来の恋人のそれだった。俺は自分の部屋なのにおろおろしてしまって、いったいどうしたんだい、というのが精一杯だった。だって、ほら、俺って好青年だったからね、まだ彼女ほどの人生の熟練者ではなかったわけだ。どれほど熟練だったかはそのうち徐々に説明するとして、とにかく杳子は俺なんかが束になって体当たりしても敵《かな》わないような強さをにじませていたな。といってもあいつは俺よりわずかに一つか二つ上に過ぎなかったんだが、いやその時は実に大人に見えた。

カーテンを締め切ると、沓子はくるりとこちらを振り返ってさ、俺をじっと見つめながら、着ていたブラウスのボタンを上から一つ一つ外しはじめた。カーテンを閉めたってドアは開いているわけだし、キッチンの方からの光で室内は明るかった。彼女の見事に白い肌がさ、少しずつ露《あらわ》になっていくのには正直興奮したな。それにあんな目をされたら、落ちない男はいないよな。顎を引いて、見上げるような目つきだよ。黒目が白目の中にふわりと浮かんでいる、そんな具合さ。視線っていったい目の玉のどのあたりから放射されているものなのかね。目の芯というような部分はまるで分からないのに、なにか強い電熱が俺の目をい抜いて頭蓋骨を突き抜けていくような、そんな感じがするんだ。それでさ、おかしいね、気がついたら俺たちベッドの中にいた。

罪の意識がなかったわけではない。もちろん行為の最中にはそんなものはないさ。風邪を引いていたもんで鼻をぐすぐすいわせながら必死で抱いた。最中は、不思議なことに、光子のみの字も頭にはなかったな。ところがすべてが終わって沓子が俺の腕の中にいることを認識した瞬間に、俺はふいに光子のことを思い出して青ざめてしまった。知らぬ間に人を殺してしまったようなさ、悪夢のような困惑が全身を駆け抜けて、なんて言うんだい、一瞬にして我に返るって感じだ。

沓子のほら、束ねていた長い髪の毛、あれがさ、俺の胸の辺りで方向を失って乱れたまま四方に流れているんだ。綺麗な模様だった。俺はそれを掌で転がしながら、これからの事態をどう乗り切るつもりなんだって、自分に呆れていたんだ。

沓子とはその日以来、毎日会うようになるんだな。あの時期をなんと表現したらいいんだろう。え、そうさ、その通り、まさに俺たちは熱々だった。いや、でもね、俺は最初に断っておくけど一度もあいつに向かって惚れたと言葉にしたことはないんだ。だってさ、そうだよ、そのとおり、俺は婚約中だったんだもんな。

大きな声では言えないが、あの日々は素晴らしかったと言っておくよ。酷い女に引っ掛かった話だって？　そんなこと言ったかい。そうか、まあ、それは俺の照れだな。冷静になろう。冷静になって思い出してみると、あの時代はこうして話すことでのみ蘇ってくる俺の人生の中でもっとも野蛮だが、あるいはひょっとすると最高に美しい時間だったのかもしれない。

二人はね、仕事に行く以外はずっと一緒だった。そうだよ、片時も離れず一緒だった。仕事が終わると、五番街がセントラルパークと丁度ぶつかるところに小さな広場があってさ、グランドアーミースクエアって言ったかな、確か。そこで待ち合わせるんだ。俺のオフィスと彼女が定宿にしていたホテルの中間地点だったわけだ。あの界隈では連日飲み歩いたね。深夜までやっているバーやレストランは結構あったからね、デートをする場所には困らなかった。明るいうちはセントラルパークのベンチなんかでいちゃついて、夜はその界隈のホテルのバーなんかでしこたま飲んで、それから俺んちか、彼女のホテルのどちらかへしけこむわけだ。ホテルのドアマンとかコンシェルジェなんかが、俺のことをちらちらと意識しているのがさ、最初はとにかく嫌で仕方なかったんだけど、まあ、あいつら見てみぬふりをするのがうまいからね、だから俺たちわざとそいつらの前でキスしてみたりさ、よくからかったな。つまりだな、沓子はそのホテルでも謎の日本人だったわけだ。六〇年代のことだもの。長期間滞在する日本人なんて珍しかった。しかも女が一人でだぜ。いったいこの女何者なんだってね。

本人に直接聞いたことがあった。どうしてお前はこんなところで暮らせるんだってな。そしたらあいつ、わたしが金持ちだからに決まっているじゃないって言うんだぜ。はぐらかされてしまったわけだ。まあ金は持っていたな。いつも払いは彼女だったから。でもなんかそのはぐらかしかたがね、余計なことを詮索するなって言われたような迫力だったから、こっちは急に口が重くなってしまって、それ以上は聞けなかったね、聞かないほうが身のためだって思ったんだ。あの時代に、あんな高級ホテルで若い日本人の女が一人で暮らしてるんだもの。それもスイートだぜ。考えるだけで怖いじゃないか。

考えるのが面倒くさくなると、俺はわけわからなくなってそのまま沓子に跨《また》がった。若さに任せて、いつも欲望の中へと逃げてたんだな。ベッドの上でシャンパンを開けて、裸のままバスタブに飛び込んで、濡れたままベッドで抱き合って。なにをやっていたのか、不埒《ふらち》すぎたね、あの頃。

ああ、勿論思い出したさ。しょっちゅう思い出したよ。光子のことを思い出さないわけはない。でもそれにも次第に慣れていったのは事実だ。最初は沓子との関係が深まるたび、光子のことには困惑していた。

俺は好青年だった。俺の仕事はご存知のように、自動車を売りつける商売だろ。まだまだ日本車なんて全然相手にされていない時代だからね。ニューヨークの日本人社会こそが最初の顧客だったわけだ。そこからじわじわと、日本車というものをアメリカ全土に浸透させていこうと企んでいたわけだ。だからさまざまな日本人社会に顔を出し、可愛がられなければならなかった。俺はほら当時の日本人にしては背が高かったし、まだ三十歳になったばかりでさ、今みたいに口が達者じゃなかったし、日本人会野球部では四番でピッチャーだったからね。好青年と呼ばれるには一応相応しかったんだな。

杳子もそんな俺の中にある好青年的な雰囲気を気に入ったんだと思う。よく俺を弄《もてあそ》ぶように裏返したり表にしたりして遊んでいた。俺は女に跨られたことなんてなかっただろ。だからあいつが俺の上に乗って女性上位でことが進むってことにはさ、なんか新しい興奮と古めかしい屈辱感とが微妙に入り交じってさ、とにかく複雑な恍惚を伴ったな。

ところがだ。幸福な日々もね、夏が終わって秋が来る頃にはがらっと変わってしまってさ。段々重荷になりはじめてきたわけだ。そりゃそうだ。年が明けてすぐに、俺は光子と結婚することになってるんだ。俺と杳子の関係が深まれば深まるほどにこれっていったいどうなってしまうんだろうっていう恐れが浮上してきて、とにかく落ち着かないんだな。ニューヨークなんて狭い街じゃないか、俺と杳子との関係なんかもうばればれだ。五番街なんかで俺たちがいつものように歩いている。仲間たちや仕事関係の人間たちとすれ違うだろ、するとさ、みんな俺たちを認めた途端くるって向きを変えるんだな。レストランとかデパートなんかでばったり会うと、目の玉が飛び出そうなくらい驚いた顔されたりさ、いやニューヨーク中の日本人たちが俺たちの関係を知っていたと言っても過言じゃなかっただろうね。会社の連中なんかもっと凄いぞ。少人数の事務所だったから、みんな仕事のこと以外は一切口をきいてくれないんだ。孤独だったな。

そればかりじゃない。当時は、母方の親戚がニューヨークで日本の銀行の副頭取をしていてさ、結構懇意にしてもらっていたんだけど、ある時連絡を入れたら俺には何の連絡もなしに日本に帰ってた。それまで月に一度くらいはご飯を呼ばれたり、何かに付けては心配して電話をくれたりしてたのに、何にも言わずに日本に帰ってしまうなんて、陰で相当恥ずかしい思いをさせていたんだろうな。しかしあの親戚の銀行マン一家がよくこのことを俺の親に告げ口しなかったなっていまさらながらに思う。告げ口されていたら大変なことになっていた。

婚約は破談していただろうな。それに仲介者が創業者の奥さんだもんな、会社をくびになる可能性だってあるわけだ。でも、これだけやばい橋を渡っていながら、沓子と会うとなんとなくいいかって気になってしまうのが不思議だ。ええい、もうどうにでもなれってもんでさ。またずるずると関係が深まってしまうんだ。信じられない？　俺だって信じられんよ。誓って言うが、俺は光子と結婚してからは一度も不倫をしたことがない。俺は本来そんな人間ではないはずだった。え、そうか、なるほどね、あの時も不倫じゃないんだ。まだ結婚前だもんな。

仲間たちからは誘いもかからなくなっていた。そういえば、一人仲のいい奴がいてね、親友だった。そいつにある時呼び出されて説教をされたよ。婚約者はどうするつもりなんだ。どっちを選ぶつもりなんだって。俺は首を左右に振りつづけるしかなかったね。分からなかったな。強くひかれていたことは間違いない。あんな女はもう現れないだろう。最近当時の夢をよく見るんだよ。腕を組んでさ、アメリカ人たちの間を二人で斜めになって風を切るように歩いていた時のことを。

え、さあ、どこかな。沓子の魅力ねェ。どこだろうな。そう言われるとすぐには表現できない。うまく伝えられないのがしゃくにさわるな。一言で片づけてしまうならばだ、沓子は街角で出会ったら男たちを確実に振り返らせる女だった、と言える。いい女だと思うだろ。でもこれは男と女では多分見解が分かれるところだろうね、確かに男を振り返らせる女には魅力がある、でも光子はそういうタイプではないんだ。地味な女さ。しかし光子は生涯俺と暮らす女だと初めて会ったときに直感した。これは間違いがなかっただろ。あいつは知っての通り俺にはできた女房だよ。沓子はその点、まったく逆、生涯俺の傍らにいるような女ではないなって……。そのフェロモンで雄をどんどん引きつけていくんだから、いっしょにいるとやきもきして心が持たなかっただろう。つまり魅力っていえばあのフェロモンかな、その先に取り返しのつかない堕落や破滅が用意されているような……。

沓子と最初に会った晩だってさ、あの時俺は光子との婚約で上の空だったからこそあいつに引き寄せられなかっただけで、もしも婚約の話がなければその日のうちに関係を持っていたのかもしれないね。ありえるね。

でも、それでも俺は光子を選ぶつもりでいたことだけは最後まで分かっていた。沓子のことは好きで好きでしかたなかったけれど、でも俺は光子と結婚するんだって自分に言い聞かせていた。

そういう俺の気持ちを分かってかな、沓子は一度も未来のことを聞いてはこなかった。

光子からは毎日手紙が送られてきていたのは当然知っていたわけだけど、その手紙も沓子は絶対読もうとはしなかった。そうそう、あいつは俺が婚約していることも、来年の一月には結婚することもちゃんと知っているくせに、そのことも絶対口にはしなかったんだ。だから俺もそれについては口を閉ざし続けた。無論そんな野暮なことを言うほど俺も単純な好青年ではない。俺は光子から送られてきた手紙をトランクの中に隠して、いつも鍵を掛けていた。鍵は財布の中にしまっていたから、読まれる心配はなかった。

ただハロウィーンの夜だったと記憶してるんだが、ダウンタウンで立ち寄ったカフェでさ、一度叱られたことがある。ブリーカーストリートを歩く仮装した幸福そうな若者たちを俺たちはジンを飲みながら無言で見ていたんだ。すると沓子が顔を近づけてきて、おい好青年、と耳許で囁くんだな。お前は甘えてるぞ、と耳たぶを引っ張られたよ。振り返ると真面目な顔つきだった。ちょっと目が赤かった。何度も何度もあいつ、甘えてる、と小さく言い続けた。なんのことを言っているのか、分からないふりをした。分かっていたけど、酔ったふりをした。

その時以外で、あいつが俺を責めたことはない。光子のことも結婚のことも俺に向かって一言も口にしたことはなかった。好きだとも言わなかったが、言葉の代わりにものすごく俺を求めてきたよ。その夜だって、俺たち朝まで数えられないほど抱き合った。皮膚が邪魔でしょうがないくらい。抱き合いながらさ、もっと脱ぎ捨てたかった。理屈じゃないんだな。言葉なんかじゃうまく伝えられないな。抱き合うことでしか、あのときの俺は心のあなぼこを埋められなかったんだもんな。

十二月は悲惨だった。二人には言葉さえなかった。それでも腕を組んで五番街を歩いていた。行きつけの店も随分出来てさ、二人の共通のアメリカ人の知人もできた。殆どがバーテンダーだ。よく行く店のアメリカ人のね。日本語のできない、日本人社会には無害な連中ばかりだよ。みんな俺たちに、元気かい、なんてよく声を掛けてくれたな。でもそれ以上の会話にはならない。それが二人には丁度よかったわけだ。

初雪を観測した晩のことだ。俺たちは例によって酔っぱらっていたんだ。行きつけのバーでさ、そこの常連客の一人が、俺は初めて見た顔だったがあいつは知り合いのようだった、馴染みっぽい口調で、お前たちは結婚しないのか、と言いやがった。俺は凍りついたね、この野郎余計なこと言いやがってって。その時沓子はなんて言ったと思う？　あいつさ、にこっと微笑んでそれから、私たちそれ以上の関係なのよ、って言ったんだよ。

初めて出会った時のことを思い出したな。沓子は俺のことを気に入ったたって俺の仲間に言ったんだ。気に入ったたってね。ただそれだけだ。愛しているとか、好きだとか、あいつそんなことを口にしたことはない。最初は肉体だけが目的なのかって思ったこともある。でももうその時はそんな下らない詮索はしなくなっていた。こいつは本当に俺のことを気に入ってくれていたんだなって思うようになっていた。

結婚まで一月もないんだぜ。沓子がぴりぴりきているのは分かっていた。あいつその反動とでも言うのかな物を沢山買うようになってさ。部屋のクローゼットの中は買い込んだ服で満杯だった。十着や二十着じゃない、百や二百はある。それも全部一流品ばかりだ。買い込んだ服を着ては俺にどうかって聞いてくるんだ。ファッションショーのような真似をするんだが、それが尋常ではない。俺への当てつけだと思うような行為だったね。何度も服を着替えては、裸になり、時には命令するように俺に服を選ばせて、満足するまで着替えつづけるんだ。一度も着たことがないような服ばかりだった。俺が働いている間、寂しいからつい買ってしまうの、と言っていたが、十二月だけで百着は買ったんじゃないかな。脱ぎ捨てた服が床に山積みになっていた。本当に山のように。何もかも、脱ぎ捨てたかったんだろう。

その年のクリスマスは俺の人生の中でもっとも悲惨なクリスマスになったわけだ。俺は大体クリスマスっていうのが本質的に苦手なのはこの経験から来ているんだろうな。

光子がね、電話を掛けてくることになっていた。光子の強い希望でさ、電話で長話をしようということになっていたんだ。勿論俺の部屋には沓子がいるわけだ。どう乗り切るか。でも、俺はその絶体絶命のピンチを利用して賭《かけ》に出ることにした。賭だ。沓子は意地の強い子だったから、電話が掛かってきたらそれに出ることには反対はしないだろう。俺はそのタイミングを逃さず、光子との深い関係を沓子に見せつけようとした。これは難しい賭だ。もしも沓子の心理を読み間違えれば大声を出されて、光子との関係は一瞬にして終わってしまう。でもな、俺がその賭に出たのは、沓子は絶対にそんなことをしでかすような馬鹿な女ではないと見込んだせいだった。あいつは隣の部屋に消えて電話が終わるまで俺たちの会話を黙って聞いているはずだった。それだけで充分だと思ったんだ。後は全て彼女の判断に委ねようと。別れようと言ってくるかもしれない。俺は、好青年であることを利用したわけだ。

かくして当日、光子から夜の八時頃に電話が入った。俺と沓子は俺の提案で外に出ないで家でふたりきりのクリスマスを祝うことにしていた。近所でコールドターキーを買ってきて、シャンパンを開けて、表向きは楽しくやっていた。電話が鳴ったときの沓子の顔は忘れられないな。俺をじっと見つめてさ、出るの？という表情をしてみせた。俺は肩を竦《すく》めて、取らないわけにはいかないんだ、と合図を送った。ちょっと向こうの部屋で待っていてくれないか、すぐに終わらせるから、と小声で付け足してね。ここまでは作戦通りだった。俺は受話器を取り、杳子に背を向けて光子と会話をしはじめた。杳子にも聞こえるように時々声を高めたりしてさ。でも挙式とか結婚の話とかは俺からは口には出さないように配慮した。いやこれだけは俺は絶対に口にしてはならないってずっと決めていたんだ。杳子に対する俺の唯一の配慮だったな。

ところが、暫くして振り返るとそこにまだ杳子がいてさ、じーっとこちらを見ている。焦ったな。それでもここで会話を止めるわけにはいかないわけじゃないか。光子は結婚式のことを興奮気味に喋っている。特注したウエディングドレスが出来上がったことや、結婚指輪のことなんか。その声は海の底に横たわる長いケーブルを這うせいで遅れ気味に届いてくる。しかも波うって、笑い声なんかも夢の中の声のようだ。

まいったね。かえって苦しくなってしまった。俺の心臓は唸っていた。背後に佇む杳子のことを考えるとどうしようもなかったな。恐る恐る振り返るだろ。すると真っ直ぐに俺を見つめる杳子がいる。怒った顔をしているわけじゃない。暴れ出すわけでもない。泣いているわけでもない。無表情というのかな、淡々と俺を見ているんだ。俺は振り返りながらも、耳元では光子の飛び跳ねる興奮気味の声を聞きながら、沓子から視線を逸らせなくなってしまった。凄い女だなってその時改めて思ったよ。こいつは本当に俺のことが好きなんだってことも分かるんだ。そんな女は初めてだった。俺は結局具合が悪いと嘘をついて電話を切ってしまうことになる。

そのまま俺たちは年を越した。そして一月十五日は刻々と近づいていた。張り詰めた空気が俺たちの間には充満していた。俺たちだけじゃない。ニューヨークの日本人社会中が、いったいどうなるんだって俺たち二人を固唾を呑んでじっと見守っていたんだ。だって結婚式には会社の連中や、友人たちもみんな列席するんだぜ。例の親友なんかさ、出席できないって葉書を送り返してきたよ。そりゃそうだ。俺がもし奴の立場だったらそんな結婚式にはとても真顔で出てはいけないな。

それでも結婚式の日は着実に近づいてきていた。俺はどうすべきか全く分からなかった。お前だったらどうする。沓子を取るなら結婚を破談させるしかないだろう。でも俺は光子を取ると決めていた。逃げるわけじゃなかったが、俺は沓子には一生敵わないとはっきり自覚していた。あいつは俺が渡り合える女じゃない。

俺なんかあいつの前ではいつも甘えた好青年でしかないんだ。安定した幸福を選びたいなら、間違いなく光子だろう。疑っていなかった。でも沓子を好きだったな。いや、そうだと声にだして一度も認めたことはないけれど、俺は光子よりも沓子を愛していたんじゃないかなってこの三十年、時々昔のアルバムを引っ張りだすように思い出しては溜め息をつく始末さ。愛していたと思うな。……すっかり愛していたさ。

結婚式が行われるぎりぎり直前まで俺たちは彼女のホテルで愛し合った。夏の頃の満たされた交接ではなかったね。擦り切れるようなセックスだった。実際擦り切れたよ。気持ちがいいのに痛かった。全てを知り尽くした者同士の抱擁だったのにさ、痛くて仕方がないんだな。

沓子は勿論何もかも知っているんだ。明日結婚式があるってことも。光子とその家族がニューヨークへやって来るってこともさ。もうお手上げだった。俺はそれでもね、ただ一つのことだけは守ったよ。別に言い訳をするわけではないが、結婚のことだけはけの字も、決して口にはしなかった。それだけが俺のあいつに対する誠意みたいなものだったわけだな。そんなことは言えない。だからもしもだ。もしも仮に、光子たちがやって来て、その時沓子が俺の腕にしがみついていたら、その時はそれで俺は全てを失う覚悟のようなものはできていた。だからさ、前の晩に突然沓子がね、日本に帰るから空港まで送ってくれるわよね、と言った時は、突然あんたは死刑ではなくて無罪になったんだよって言われたような感じさ。脱力感におそわれてすぐには反応を返せないほどだった。俺は何も言わずに、言えずかな、ただ無言で頷いただけだったな。もしも俺があの直前に我慢できなくなって、俺はもうじき結婚するんだ、だからいますぐ別れてくれ、なんて叫んでいたとしたらさ、あいつは大暴れしただろうな。そのチャンスを待っていたようなふしもないわけではなかった。我慢比べみたいなもんさ。俺のそんな態度を見て、彼女がすべてをかぶる決心をしてくれたんだと思う。好青年か。そういう意味ではまったくの好青年だったな。

俺が取り乱していたら、あんな風には着地出来なかった。それほど俺たちの破滅はぎりぎりのところまで進行していたんだから……。

翌朝、沓子にくっついて彼女のホテルに行ったんだ。部屋に入ると既に荷物はパッキングされていた。ルイ・ヴィトンのばかでかいバッグが五つほど並んでいた。それを待たせてあった二台のリムジンのうちの一台に積み込み、もう一台に俺たちは乗ったのさ。俺はとにかく複雑な心境だったが、これで自由になれると思う一方で一気に老け込んだような感じでもあった。

空港に着くまでのあいだ、沓子はずっと俺の手を握りしめていた。俺は彼女を見ることが出来なかった。だから彼女が俺を見ていたのか、何を見ていたのかは分からない。俺には摩天楼の袂を行き交う大勢の人の姿が見えていた。そこを歩いている二人の傾斜した姿とともに。いろんな思いが心の内側を駆け抜けていってさ、どうしようもないんだ。なんか勝手に肺がひくひくと波うちはじめてね。必死で自分の感情を堪えたよ。

マンハッタンを出た辺りだったかな、トライボロウブリッジを渡ったあたりだ。突然沓子がこんなことを言いだした。

わたしはね、あなたと知り合う直前にある富豪のアラブ人と離婚をしたばかりだったのよ。その人はね、わたしが滞在していたあのホテルのすぐ前の、ほらあの黒い摩天楼、覚えてる？　あそこに住んでいるんだ。住んでいるんじゃなくて持っているという方が正しいけれど。わたしはあいつに捨てられたんだな。大金持ちの好き勝手。だから、あいつに見せつけてやれるかっこいい男が必要だったの。あいつの行動半径は知っていたから、わたしはあなたを連れて、あいつの馴染みのバーやレストランを片っ端からまわってやった。やきもちを焼かせてやりたかったのよ。でも結局あいつとは一度しか遭遇しなかったわね。ほら、エセックスハウスのバーで、君達は結婚しないのかいって聞いてきた気障《きざ》な男がいたでしょ。覚えてないかな。あいつよ。一見落ちつき払った感じだったけれど、絶対うろたえていたはず。あれで充分仕返しはすんだわ。

俺はその時思わず彼女を振り返ってしまったんだ。こちらを見ていたよ。泣いてはいなかった。笑ってもいなかった。ありがとう。あなたを利用したわたしを恨まないでね。そして無表情にそうぽつんと告げた。

リムジンが空港に着いても、俺はまだ自失していた。沓子が言ったことを頭の中で整理しようとするんだけど、なかなか纏《まと》まらなかった。アラブ人のことなんかどうだって構わない。あいつが言うように利用されていたのかもしれないが、そんなことはもうどうでも良かった。そんなことで俺が呆然となったんじゃない。この女を失うことが怖くなったんだ。この半年ほどの日々が、ふいに明日から無くなってしまうことが寂しかった。俺はずっとこの街で寂しかったんだ。それを救ってくれたのは沓子だった。

でも、もう、すぐそこまで光子たちはやって来ていた。俺に迷っている暇はなかったね。久しぶりの決断だったな。俺は考えることを放棄したんだ。とにかく全ての結論はそのうち時間が解決してくれるだろうってね。

沓子の乗った飛行機と入れ違いで、光子の飛行機が着いた。俺は結婚を待ち焦がれた好青年のふりをしなければならなかった。

傑作だったのは、俺たちが式を挙げたホテルというのがさ、沓子が滞在していたホテルだったことだ。三十年も前に、披露宴ではなく、ちゃんと神父さんがやってきて結婚式が出来る一流のホテルといえばあそこくらいなものだったんだから仕方ない。

ドアマンやコンシェルジェはもうすっかり顔なじみだったから、俺だと分かったときの応対はさ、お互い血の気が引くような、まるでサーカスの曲芸なみだったよ。え、その夜か。決まってるじゃないか。必死で光子を抱いたさ。セックスに義務感を感じたのは一生の中でもあの時だけだ。

沓子のことを落ちついて思い出すことができたのはそれからさらに何ヵ月も経ってからだった。妻に納まった光子は、挨拶回りで大忙しだった。事情を知っているあの街の日本人たちは光子に向かって、好青年は元気ですか、と微笑みながら声をかけていたらしい。

そんなある日会社に一枚の葉書が届いた。名前は書いていなかったけれど、裏面にはアッカンベーをした全然似ても似付かないあいつの似顔絵が落書きされていた。そして小さく、消えそうな文字でね、幸せになりなさい、と添えられていた。

でもそれでこの話は終わらないんだな。いいや、そうじゃない。はずれだ。俺は光子と結婚してからは一度も浮気はしたことがないってさっき言ったろ。それは本当だよ。あいつと結婚してからは、真面目なもんさ。もう今じゃ、昔が懐かしいほど枯れてしまった。女の肉体よりも思い出と添い寝をするほうが楽しい年齢になってしまった。

でも縁というものは一度その上を走りだすとね、またもとの地点にもどる習性があるようだね。つい一月ほど前のことだ、杳子から連絡が入った。驚くもなにも、彼女の声を聞いた瞬間にさ、ふっと頭を過ったのは、あいつがつかつかと俺の部屋に入ってきて寝室のカーテンを閉めた時のことだ。頭の中には三十年前の杳子がいるんだが、現在の声は随分と嗄《かす》れていたんだ。彼女が歩いてきたこの年月を俺は必死で埋めようとした。あの肉感的な体も、きらめく瞳も、若々しい髪も、全て記憶の中ではまだ健在だった。それに少しずつ修正を加えていって、六十歳の彼女を俺は作りださなければならなかった。六十歳の杳子なんて想像できるかい？

杳子は病気にかかっていて、入院しているらしかった。いま流行りの高級ホテル形式のさ、老人ホームのようなところのようだったが、どこだかは教えては貰えなかった。会いたいな、と言ったが、自信がありません、と断られてしまった。それで仕方がないから、少し思い出話をして、会議が迫っていたのでそこで電話を切らざるをえなかった。電話番号も教えてもらえなかった。電話番号から住所がバレるのがいやだったのかな。また電話をくれないか、と念を押したんだが、あれからはまだ掛かってこない。もう掛かってこない気がする。なんだか、なんて言ったらいいのかな、変な話だが、もう彼女はこの世に生きていないような気がする。あの電話の直後に他界してしまったような気がするんだ。いや気がするだけだ。勿論確証なんてないさ。

電話の声がさ、こころなし遠かった。声は波うっていたし、聞き取りづらかったし、戻りも遅かった。まるで三十年前のニューヨークから掛かってきたかのような電話だったもの。

今、冷静になって考えるとだな、あれはアフリカの奥地とかさ、南米の小さな村からだったんではないかなって思うんだよ。彼女はその後いろいろあって、俺なんかよりももっといろいろとあってさ、ここからさらに遠い世界で抱えきれないほどの恋をして、数えきれないほどの別れを経験して、必死で生きてきたんだけど、たどり着いたのがもっとも日本から離れた場所だった。そこで幸福と不幸の繰り返しの挙句、大きな病にかかって、もう余命がないことが分かってさ、昔の記憶を頼りに、最後の力で俺を捜し出して、ああして電話をかけてきてくれたんじゃないかなって、そんな風に俺は思ったんだ。勝手な想像だと笑ってくれ。確かに考えすぎかもしれないが、それが彼女らしいと俺は思うわけだ。どうしてそんな風に思うのかな。わからない。でもそうだよ、きっと。だからあんなにきっぱりと、自信がありません、と言ったんだ。そんな弱気なことを言うような人ではなかったもの。いつも自信だけはある人だった。

おい好青年！

まだ彼女の声が俺の耳の奥深くには残っている。このご時勢なにもかも幻のようだが、しかし俺の頭の中で沓子は幻ではない。ちゃんとあの若々しい沓子は生きている。俺が死ぬまであいつはあのまま俺の中で生き続けるんだ。そう、まさにその通り、俺が生きてる限りね。

偽りの微笑み

A Cheating Smile

もう不倫はいやだなと思って前の男とは別れたのに、新しい人はまた妻子持ちで、どうしてそんなのばかりを好きになるのか、進歩のない自分に私はうんざりしていた。前の時にあれほど苦い思いをしたというのに。

ここそこ隠れるようにデートをして、さよならの時間が迫ると別々の改札をくぐり抜けて、それぞれのホームに向かった。だれかが私のことを愛人と呼んだわけではないのに、『愛人』という言葉を雑誌やテレビで耳にするたび、後ろ指を指されたような気分になって、耳の裏側が熱くなった。

好きこのんで愛人なんてものになりたい女なんかいない。ただ好きになった人に妻子があっただけ。横取りしたくて好きになったわけでもない。ただそこにその人がいたから、気がついたら気持ちが勝手に動いていただけ。ただそれだけ。いつだってそれだけ。でもそれが世の中では悪いこととされて、愛人なんて下品な言葉で括《くく》られてしまう。

相談した友達はみな、男なんて腐るほどいるじゃない、と言う。けれど、知り合って、憧れて、優しくされて、ときめいて、ある時好きになったら、他の人じゃもうだめ。

前の人よりも好きな分だけ、新しい愛はいっそう重く私にのしかかってきた。

彼はキスが上手。

セックスだって悪くはないけど、今日はキスだけでいいやって思ってしまうほど、彼のキスは素敵。上唇と下唇をきちんとわけて愛撫してくれるし、下唇の付け根を舌先でなぞられたりすると、抑えていた感情が体《からだ》中の毛穴から溢れ出そうになる。激しいキスにたどり着くまでにたっぷりと時間を掛けてくれる。本当に好きな人だからこそ、本気でキスをしてくれているのが分かるのは嬉しい。キスだけで最後までいってしまいそうになるのは、彼に気持ちがあるからだと思う。

同期の会社の男の子なんかだと、自分が感じることだけを要求してくることがあって、白けてしまう。別に奉仕するのが嫌だというわけではない。奉仕するからにはそれだけの愛と引き換えじゃなきゃ。髪の毛を掴まれてペニスの方へ顔を押しつけられたりすると、そこに嚙みつきたくなってしまう。

一度新しい人に聞いてみたことがある。セックスの後の余韻の中で。窓から差し込む月光で縁取られた彼の横顔に向かって。私はあなたの愛人ですかって。そしたら彼は瞼を閉じてこう言った。

「いいや、君はぼくの恋人だよ」

やっぱり。この人はそこらへんの普通の男とは違うんだなって静かに感動した。汗を掻いた彼の肩に頭を凭《もた》せかけ、一人嬉しさに涙を流した。

この関係を壊したくはない、とは思うけれど、いつまで続くかは大きな不安。好きだよ、とは言ってくれるが、愛しているよ、とは言ってくれない。前の人はやたらと愛を口にする人だった。抱き終わった後に、愛してる、と囁かれるのは嫌じゃなかったけれど、二人の関係がシリアスになればなるほどその言葉は暴力的に頭の中で暴れまくった。

前の恋愛の末期、どうしても自分を抑えられなくなって、いったいあなたは何を愛しているの、と聞いたことがあった。前の人は、そんな白けるようなことを聞くもんじゃないというようなきょとんとした顔で、お前をだよ、と一言呟いた。

でも、反論なんかしなかった。じゃあ、どうして奥さんと別れてくれないの、とは言わなかった。言った途端、何もかもが終わってしまいそうだったから。

新しい人が、どうか前の人のような愚かなことは口にしない人でありますように、といつも願っていた。幸い、彼は私を刺激するような馬鹿な言葉は口にしない。愛を口にしないのは、彼が慎重な人だからか、それとも誠実な人だからか、或いは？

でも、安心できても不倫にはかわりがない。幾ら恋人と言ってくれても社会通念的には愛人ということになる。彼が家庭を捨ててまで私を選んでくれるかどうかは期待できないし、期待しないほうが利口だろう。

「恋人だって思っていていいのね」

彼に聞いてみる。彼は微笑み、ああ、と呟く。

「愛人にはなりたくないから、全てを割り勘にしてほしいの」

「割り勘は面倒くさいから、交互に出し合うようにしよう」

でも彼は一度も私に払わせたことがない。私が支払おうとすると、今度ね、と微笑む。私のプライドを傷つけないようにするのがとても上手。私は大人の男が好き。

時々、恐ろしいことだけど、このままこの人の愛人でいてもいいのかもと思う時がある。たくさんを望まなければきっとずっと私を傍《そば》においといてくれるような気がする。

ああ、そんな風に考えてしまう自分に我慢ならない。そんな犬のような幸福は、ほしくない。

会社のそばのレストランで食事をする時は上司と部下の言葉づかいに徹した。私は背筋を伸ばして彼の正面に座り、敬語を使った。だれかに見られても平気なよう、見つめ合ったりはしない。会話も堅い話題ばかり。私はフォークとナイフを摑んだまま彼の声に耳を傾け、部下らしく頷いた。

アンダーザテーブル。

そこでは、前菜を食べおわる頃からすでに男と女の影が絡み合い、食事の後の甘い交接のための準備をはじめている。彼の影は私の影に覆いかぶさってくる。

こうやってきちんとした表向きの彼を見ながら、裸になった裏返しのもう一人の、武装していない彼を想像するのは楽しい。

私だけが知っている淫《みだ》らな彼。私だけに見せている彼の純真な部分。奥さんにさえ見せることのない彼の恥ずかしい痴態。独り占めしているんだ、という感動とは別に、それを誰にも自慢できない自分の立場を考えると微笑みも凍りついてしまう。

そんなある日、セックスの前と後とでは優しさに微妙な温度差があることを発見した。私を脱がせるまでの情熱が、全てが終わってシャワーを浴びた途端に薄れているような気がした。キスをせがむと、頬や額にはしてくれたが唇は避けられた。なんだろう、と冷やかな風を感じてしまう。ちょっとしたことなのにとても気になった。家族の方に心が揺り戻されているのかもしれない。

ずるいな、と思った。

私には家族はいない。もしもこの関係がいつまでも続くなら私は彼と抱き合っている時以外はずっと一人ということになる。婚期も逃して、おばあちゃんになって彼に新しい恋人が出来たら、私は永遠に一人になってしまうのか。

彼が私を本当に愛しているのなら、こんな関係をいつまでも続けさせてはいけないと思うはず。彼の優しさが本物かどうか疑わしくなり、微笑みに隠された本心を覗きたくなった。

同じ駅の別々の改札を潜《くぐ》って別れた。彼を反対側のホームの上に探す。こちらに背を向けて立っている彼を見つけた。電車が来るまでずっとその背中を見つめていた。どうしてこっちを見てくれないのか。彼が見ている方角には何があるんだろう。あんな背中をしていたっけ。電車がホームに滑り込んで彼をかき消した。このまま捨てられるのを待つのは嫌だ、とその時に思った。同じことを繰り返すのは人間のすることじゃない。別れよう、そして若く堂々とした綺麗な恋を探そう、と決意した。まだまだやり直しのきく年齢なんだし。

新しい人からの誘いを断りつづけてみた。彼もへんだなと思ったのか携帯に沢山の伝言が残っている。連絡を下さい。連絡を下さい、どうしたの、なんで連絡をくれないのかな……。

苦しいのは一時だけだ、と自分に言い聞かせて会社でも彼の視線から逃げつづける。逃げなければ追いかけては貰えない。このまま追いかけられないようならどうせこの愛も長くは続かないのだ。深い傷を負う前にこっちから身を引いたほうが賢明である。

彼に長く会わないでいると中毒症状が出てくる。ベッドの中でつい彼の唇を探してしまう。夢から覚めると、枕を抱きしめている。

いったん好きになってしまうと、簡単には離れられないもの。前の時も別れてからが大変だった。げっそりと痩せてしまった。結局新しい人が現れたことでそのどん底から立ち直ることができたが、だとしたら今度も、誰かと出会うことでしかこの苦しみから離脱する方法はないのかも。

普段は滅多に受けないパーティの誘いを受けてみる。若い連中だけの集まり。余所《よそ》の会社の男子社員が大勢いた。こちらからは独身女性たちが出掛けていく。新しいタイプの集団見合いのようなことをしている。

私は苦手。最初は頑張って笑顔を拵えて挨拶なんかをしていたが、三十分も経たないうちに彼のことを考えていた。私がこんなところで時間を潰《つぶ》している最中に、あの人が他の若い女の子と出会ってしまったらどうしよう。そしたらもうあの甘くて優しいキスを貰えなくなってしまう。

騒がしい会場の片隅で一人頭を擡《もた》げて後悔のため息をついた。するとどこからか赤いアルコールが入ったグラスが差し出される。顔を上げるとハンサムな青年が立っていた。ずっと君のことを見ていたんです、とその人は言った。私を？

「場違いなところへ来てしまったというような顔をしている」

そうその人は言って微笑んだ。哀れみの微笑みでも、誘いの微笑みでもない。損得のない無償の微笑みのように思えた。

「僕もね、付き合いで来たんだけど、どうもなじめなくてね」

なんとなく気が合って、パーティ会場を二人でこっそりと抜け出すことにした。大胆だな、とおかしかった。でも毎日が苦しかったから、そんな重たい自分を脱ぎ捨てるにはいいチャンスのような気がして、行き先も分からない電車に飛び乗ってしまったのだ。

乗り心地は決して悪くはなかった。同世代の子たちにはいつもどこか物足りなさを感じていたけど、この青年には何かがある。覚めていて、肩の力が抜けている。歩いている時も飄々《ひょうひょう》としているし、しゃべっている内容も流行とは無縁の不思議な話ばかり。特に私は話題が豊かな方ではないから、人の話を聞いているのが本来は好き。彼の年上の世界の話とはまた違った、自分に近い視点での青年の一言一言につい聞き入ってしまった。

気がついたらベッドの中にいた。その青年が好きになったから抱き合ったのではない。彼から離脱するための道具として青年を利用してみようと思ったのだ。

青年の引き締まった体やさわやかな体臭は嫌いじゃなかった。でもキスはあまり上手ではなかった。あんなに不思議な魅力をかもし出していたのに、ベッドの中ではやっぱり彼の方が数倍優しくて素敵だった。

それでも青年には彼にはない優しさがあった。暗いシティホテルの部屋の中で、青年は私のために子守歌を歌ってくれた。

単純な旋律だったが、その分心地よかった。ねむっちゃうよ、と私は言った。ねちゃえば、と青年は笑った。

「だめだよ、明日会社があるのに、服がないもの」

「いいじゃない。大人だもん。外泊は悪いことじゃない。恋をしているんだなってみんなに思わせればいいんだ」

えっと思った。まるで見抜かれたかの意見に、思わず青年の顔を直視してしまう。すると不意にキスをされた。

「ここにこのまま泊まっちゃおうよ」

青年が囁いた。

「ここに？」

「そうだよ、一緒に寝よう」

「男の人と朝まで一緒にいたことがないから……」

「じゃあ、初めてということで」

青年が微笑んだ。この微笑みは本物の微笑みかしら。騙されるんじゃないか、と用心した。でも、失うものはもう何もない。

「恋人はいるの？」

青年は目を瞑《つむ》ったまま言った。この人には嘘は言えないと思った。

「不倫をしているんだ」

と素直に告げた。

どんな感じ？　と青年に聞かれ、苦しいけど時々幸福、と答えた。

彼とは一緒に朝を迎えたことがない。前の人とも朝を迎えたことがない。二人とも家で待っている人たちがいるからどんなに遅くなっても夜が明ける前までには家に戻っていく。青年の提案に乗ってみようと思った。仮に青年が一時の遊び心だったとしてもそれはこちらも同じ。だいたい出会った日にホテルで抱き合うんだから青年が本気だと思う方がおかしい。むしろそれを隠したり誤魔化したりしようとしないところが潔い。結婚とか不倫とか愛人とか恋人とかそういう囲いを取っ払った関係。彼には私を枠にはめ込もうとする気配がない。

「いいわ、泊まっていく」

青年に抱きしめられた。罪悪感はあるけれど、苦しみから僅かに解き放たれた感じがあった。

青年のことを彼には告げようと思った。好きになりそうな同世代の人が現れたと告げてみよう。彼がどんな反応を返すか見物だった。もしそれで終わるような恋なら仕方がない。ならば、この青年に肉体を捧げて、一時期の苦しみから救ってもらおう。

眠りに落ちながらそんなことを考えていた。その夜は悪夢を見なかった。後ろからずっと抱きしめられて眠ることができたからだ。目を覚ますと隣に青年がいた。昨日まで全く知らなかった男性。こんなイージーな出会いをしてしまったことを少し反省するくらい青年の寝顔は可愛らしかった。

細くて凛々《りり》しい唇にキスをした。

「昨日はどこへ行ってたんだい」

昼休みに彼が私のところへ来て口早に言った。前日と同じ服を着ていることに気がついたらしい。

「ずっと電話をしていたんだ」

声が僅かに上擦《うわず》っていた。その震えから彼の心を読み取る必要がある。私を失いたくないと訴えているようだ。不思議なのは、自分がいつもより優位に立っているという点だった。青年との肉体的交接が二人の立場を逆転させたというのか。

会社が終わった後、二週間ぶりにいつものレストランで彼と待ち合わせをした。

食事が終わった頃、青年のことを口にしてみた。彼は私の言葉の一つ一つを信じられないという表情で聞き入っていた。

「好きになったの？」

と彼が言う。分からない、と私は答えた。

「なんで？」

彼は困惑している。

「まだ恋だとか愛だとかそんなんじゃない。でも、惹かれてる」

「僕という恋人がいるのにかい」

大きな賭に出ていた。失うことを恐れてはいけない、と自分に言い聞かせる。

「寝たの?」

「それはとても重要なこと?」

彼は目を大きく見開いたままじっと私を見つめつづけた。

「あなたのことだけを考えて生きてきたけど、あなたとは幸福になれないでしょ」

彼が急に老けこんでいくように思えた。うつむき加減の顔から血の気が引いていく。怒りと驚きにどうしていいのか分からないでいる。こんな感情の乱れた彼を見るのははじめてだ。私だって自分の行動を冷静には分析できないでいる。愛の奴隷で終わりたくはないのだ。

「愛人でいるのに疲れたの」

そう呟くと、彼が顔をあげ、その決意した視線がまっすぐに私を捉えた。

「前にも言ったと思うけど、君を一度も愛人だとは思ったことがない。確かに僕には妻子があるけれど、君を誰かと比べたりしたことはない。ただ君のことを愛していた」

はじめて彼は愛という言葉を使った。嬉しかった。彼が本気になっているのが分かる。切り札を使ったのだ。それだけでもう充分だった。彼を不幸にさせることが自分の望みではない。

「ありがとう。少し考えてみるね」

そう言ってその日は別れた。彼は珍しく駅まで送ってくれた。切符を買っているあいだもずっと傍にいた。私が改札を潜りぬけるまで見送ってくれた。ホームで電車を待っていると、反対側のホームに現れた彼が私を探しているのが分かった。犬のような顔をしていた。……でも何故か、その時もうこれで充分だ、終わりにしよう、と感じた。

愛人生活から足を洗うなら今しかない、と考えた。太陽の下で恋をするならこのチャンスを利用するしかないのだ。

青年とは堂々とデートをした。

会社が終わると上司である彼の視線を振り切って青年に会いに出掛けた。誰に見られても構わない関係が、私を自由で楽にさせる。私をイキイキと美しくさせる。

繁華街の中心地。

都会に住む若者なら一度は待ち合わせに利用したことがある場所をわざわざ選

んで青年と待ち合わせた。そこは夥《おびただ》しい数の人でごった返している。人の波を見つめて私は小躍りした。こんなところでずっと恋人と待ち合わせをしたかった。人込みの中に待ち人を認める瞬間が待ち遠しい。私は待つ場所をいろいろと変えては移動し、青年を待った。表で堂々と誰かを待つことができる自分の立場を喜んだ。


七時五分過ぎに青年の頭を人込みの中に見つけ、思わず笑みが零れた。手を振り上げた。青年はそれには答えず、いつものように飄々と歩いてきた。

「こんなところで待ち合わせるなんて……。君を探し出すのに五分もかかった」

青年がなんと言おうと私はうれしくて仕方がない。

「いいの、この人間の渦の中で君を発見できる喜びには敵わないわ」

へんなことを言う人だ、と青年は微笑んだ。どこへ行く？　と聞いてみる。どこへでも、と青年が応える。

「どこへでも？」

「ああ、どこへでも、君が行きたいところへ俺はついていく」

私の頬がこんなに緩んだことはこの数年ない。愛に生きすぎて大事なものを捨てきてしまったためだ。

「じゃあ、手をつないでくれる」

「子供みたいでいやだな」

私が拗《す》ねると、青年は仕方がないという風に鼻で笑い、それから唐突に私の手を握りしめてぐいとひっぱった。背の高い青年が信号が変わった交差点の中をどんどん進んでいく姿は壮観であった。なんの迷いもなく青年は歩いていく。引っ張られていくことに私は感動していた。どこへでも、君が行きたいところへ、か……。

まず私はガラス張りのレストランを探した。大通りに面したレストラン。外が良く見えるガラス脇の席。味なんかどうでもいい。通りを行く人々みんなに見られながら食事をしたかったのだ。青年はまたしても笑い、私はガラスに顔を押しつけるようにして外を見つめ、そこに誰か知り合いがいないか探した。

食後は人気のクラブへ顔をだした。音楽と照明と汗の匂いが混ざり合う若いエネルギーに満ちた場所だった。そこで私は青年に抱きつき、場違いなチークダンスを踊った。人々の注目を浴びた。恥ずかしそうにしていた青年もそのうち次第に微笑みが戻っていった。

熱気と歓喜に包まれた後、二人は冷えた夜の路上に吐き出され、今度は私が青年の手をひっぱってビルの非常階段まで連れていくとそこにしゃがませた。こんな風に普通のデートをしたのは本当に久しぶりのことであった。

青年は、君はつくづく変わっているな、と漏らした。ええ、でもこういうことを経験してみたかったの。

「お上りさんみたいだね」

「恋愛のお上りさんなの」

「恋愛の？」

「なんでもない、それよりこれからどうするの？」

話が核心に触れる前に話題を逸らした。

「君を抱きたい」

全てを許すつもりだった。

「ええ、勿論よ。どこで」

青年は時計を見てから、そうだな、どこがいいだろう、と言った。ここで私はもう一度賭に出た。

「君んちがいいな」

青年の顔から笑みが消えた。私の中でそれまで膨らんでいた幸福が不意に萎んでいくのが分かった。折角《せっかく》掴んだ幸せをこの瞬間に失うことになるのか、と身構えた。私は臆病者に戻った。長い沈黙であった。

「いいよ」

青年はそう言うと立ち上がりスラックスの汚れを叩いた。自分の耳を瞬間疑った。いいの？

「ああ、でも部屋がかなり散らかっているよ」

「構わないよ」

「部屋を片付けておけば良かったなってかなり後悔している」

なんだ、そんなことか。私は再び笑顔を取り戻した。

「片付け手伝わせて」

「汚いけど、嫌いにならないでくれよ」

私は強張《こわば》った。青年は驚く私の顔を覗き込む。

「何か？」

「嫌いに？」

「嫌いにならないでねって言ったんだよ」

「嫌いじゃないよ」

青年が笑った。

「ああ、俺も」

青年は私に口づけをした。キスをされて喜びが頭の突端から抜け出そうなくらい興奮してしまった。しかしキスは思った以上に短く、あまりに乾いていた。


青年との交際はこうしてはじまった。

社会人になってはじめて普通の人を好きになることができた。大事にしたい、としばらくは思っていた。でも彼のことを完全に忘れ去ることは出来なかった。それどころか、青年との結婚話が浮上しはじめた頃、私は彼と再び関係を持ってしまうのだ。

理由はうまく説明できない。青年との恋に夢中になっている間、彼のことは私の頭の中からすっぽりと消えていた。上司である彼が私の席の前にいても、いつしか気にならなくなっていた。なんどか呼び出され、戻ってきてほしいと言われたが、断ることも難しくはなかった。

ところがある時、青年とキスをしている最中に、ふと彼のことを思い出してしまう。ただのキスなのに、キスでしかないのに、何故だろう、心の片隅に物足りなさを感じてしまったのだ。

「結婚をしよう」

青年が言い、私は同意した。それしか考えられないほど二人は性格がぴったりとあっていたから。結婚を拒む理由はなかった。

そのことを彼にも伝えることにした。残業で二人きりになった時にまるで仕事の一部を報告するような気軽さで言った。おめでとう、と彼は言い、それから不意に近づいてくると抱きしめられキスをされた。

逃げる間もなかった。いや、逃げようと思えば逃げることはできたはずだった。どこかで期待していたせいもあるだろう。抱きしめられ、金縛りにあった。そのキスが本気だったからだろう。優しく切ない大人の唇だった。絡みつくように彼の舌先が私の唇を這った。あんなに逃げ出したかった世界なのに、懐かしいと思った。

この人はずっと私が帰ってくるのを待っていたのだ、ということが理解できるキスであった。そして私の体も彼に戻ることをどこかでずっと望んでいたようであった。

「どうして」

と聞いた。すると彼は、

「これで二人は互角になった」

と言った。

「君が結婚をすればバランスがとれる。やっと私は引け目を感じずに君と愛し合うことができるんだ」

「馬鹿なこと言わないでください」

彼を押し退《の》けようとした。しかし彼は力を緩めなかった。誰かに見つかったら彼は全てを失うことになる。会社をくびになり、家族も崩壊する。私はまだ彼を愛していた。彼もまだ私を愛していた。ただそれだけのことであった。

「君は私から離れたのではない。私に近づこうとしていただけだ」

彼が言っている意味が理解できればできるほど興奮して反抗をしたくなった。

「そんなわけはないわ。私は日陰を生きるのが嫌になっただけ。同世代の恋人がほしくなっただけ」

「そうじゃない。君は私と離れられなくなるために、その青年を利用したんだ」

「最初は利用したけど、そういうつもりじゃない。あなたと別れやすくするためにその人に飛び乗ったの」

「ほら、それはつまり、私にもっと近づきたかったからだろう」

「違うわ。私はあなたから逃げだしたかった。だから結婚して幸せになるの」

「いいや、君は私に近づいた」

彼の勢いはかつてないほどのものであった。賭に出たのが分かった。真剣な眼《ま》差《な》《ざ》しに、あの日々を思い出さずにはいられなかった。彼の言うとおり私は本当はどうしたかったのだろう。

「遠くへ行けば行くほど、お前は私を思い出していたはずだ。私はお前と会えなければ会えないほど、お前に会いたいと思っていた。君も私にもっと近づきたくてその男と一緒になろうとしたはずだ」

「まさか」

「いいや、まさかではない。お前は私から逃げることはできないんだ」

私は正直だった。

彼の唇が私の唇を吸った。上手に。誰とも比べることができないほど官能的に切ない口づけであった。

彼の唇が私の下唇を吸う。それから舌先がゆっくりと優しく歯と唇の間を這う。私は金縛りにあい、心も体も動けなくなった。

私は青年と結婚をし、同時に彼との不倫を再開させた。結婚式の前夜にはいつものシティホテルで関係を持った。狂気と愛がこんなに似ているものだとはその瞬間まで気がつくことはなかった。

関係が深まれば深まるほどに自分自身がますます分からなくなり、精神が痛みはじめた。その翌年、心が擦り切れた私は青年と離婚し、疲れ切った彼も家族を捨てた。

二人は相次いで仕事を辞めて、東京を離れた。彼の両親の里で、二人は再婚をした。

何もかもを捨てて摑んだものがいったい何だったのか、私にはいまだに分からない。ただ、彼しかない、と思った動物的な瞬間だけを信じたのだった。

不倫は終わった。不倫も貫けば純愛だけが残る。しかしもう二人は擦り切れるような激しいキスをすることはない。時々私は子供を寝かせ付けた後、彼の唇に触れてみることがある。その固い唇もかつてはシルクのように柔らかかった。懐かしみながら、このまま年をとるのか、とため息をついた。

古いマンションに住んでいた。彼は仕事に出掛け、二歳になったばかりの息子は昼寝の最中。だれかがドアをノックした。はい、今いきます、と声を上げた。ドアは執拗《しつよう》にノックされていた。鍵を開けノブを回した。玄関口に若い男が立っていた。男は小さくお辞儀をした。その瞬間何かが自分の体の中で撥ねる音を聞いた。

男の目がきらきらと眩しかった。私は、なにか、と告げた。胸元を見つめられていることに気がついた。思わず手でそこを隠した。風が二人の間を吹き抜けていく。

まだ走れるかしら、と私は思った。

青空放し飼い

Wandering under a Blue Sky

彼はまだ若いのでキスが上手ではない。まるでピラニアに唇をかみ千切られそうな感じで、痛みばかりを伴う激しいキスが続く。彼の歯が少し出ているせいもあって、時々私の歯とぶつかっては、その隙間に挟まれた私の上唇は悲鳴をあげる。

でも彼の口づけには全てを失っても構わない、と思わせる無防備な勢いがある。今はそういうものの説得力にほだされていたい。

白砂の上で私と彼は上下になって一つになる。波打ち際で転がる度、眩しい太陽の光によって、私の視界は蕩《とろ》けてしまう。

誰も居ない南の島の浜辺で、私たちは無制限の肉欲に浸る。

年下の彼はセールスマンだった。モップとか、玄関マットなんかの訪問販売員だったと思うが、そんなことはもうすっかり忘れてしまった。昨日より前は、私にとっては全て、ただの過去。昔なんかに興味はない。かといって、未来に向かって必死に生きるというタイプでもない。今日さえよければただそれでいい。彼と目が合った時に、私は疼《うず》いた。鳩尾《きゅうび》の辺りがぽっと熱くなった。動機といえば、ただそれだけのこと。

タクシーの運転手をしている夫や、まだ二歳になったばかりの子供はどうするんだ、とどこかで考えもするが、そういうのって道の先に出来ては消える逃げ水のようなものに似て、今の私にとっては既に儚《はかな》い幻。

年の離れた夫とは、彼が勤める前の会社の上司と部下で、しかも不倫関係にあった。

様々な試練を経験した後、私達は全てを放棄し、夫は前の妻子を捨てて、私もまだ若い前夫を残し、夫の実家のこの町に逃げてきた。法律問題がやっと解決し、二人の間に子供も出来、夫はタクシーの運転手をはじめ、私は育児の日々に。しかし激しい揺さぶりが去った後のこの現実という、穏やかで何も起こらない日常は、全く退屈極まりなかった。あんなに苦しんで手に入れたものだとは思えないほどに、全ては怠惰で凡庸《ぼんよう》なのである。

私はまたしても日常という姿の見えない敵と戦う日々を生きることとなり、最初から想像できたことではあったが、田舎町での生活に不満ばかりが募っていく。そんな私の前に彼は現れた。疼いてしまったら、もうどうにもその感情を抑え込むことができなかった。

欲しくて、欲しくてしょうがなくなる。そういう衝動は、子供が出来てから特に強くなっていった。育児ノイローゼというのとは違うけれど、二十二歳で母親になってから、古いマンションの一室に閉じ込められる生活にずっと浸りっぱなしで、愛を急いだ結果が、改めて激しい津波となって今頃打ち寄せてきている、という悲惨。

何かに出会って、激しく人生を揺さぶられることに、とても欲情する性質《たち》も災いして、私はまたしても気持ちが揺れた。

病気じゃないか、とも思うほど、この性質は私の人生をいつもドラマチックに揺さぶってくる。

彼がドアの向こうに現れた時、私は瞬間、その野性的な目に引き寄せられ、人生を捨てる、と感じた。子供が奥で寝ているというのに、私は男を部屋に上げてしまうのだ。

男の動物的で力強い眼光に私は引き寄せられた。何が起こったのか咄嗟《とっさ》分からないくらい、目の前が白くなって、気がつくと、男が土足のまま廊下に上がり込み、私はと言えば、男の厚い胸板にしがみついていた。どちらが先に挑発をしたのか、今になって思えばそれは当然、私だった。

彼は最初、私に興味のある視線を送ったが、仕事途中でもあり、警戒心も働いて、野性の瞳も伏目がち。視線は私の足元を彷徨《さまよ》ったまま上がっては来なかった。男を挑発したくて仕方がなかった。一生懸命、商品について説明をする新米のセールスマンの顔を矯《た》めつ眇《すが》めつ見つめた。そして彼が再び顔を上げた時、私はその野性の瞳に炎の矢を放ったのだ。

全身全霊を込めた私の視線が彼の瞳に突き刺さる。雌のフェロモンを最大限滲み出させた、甘い視線の矢。胸の鼓動を相手に伝えるよう、吐息を小刻みに吐き出しては、彼を誑《たぶら》かそうとした。

野性が男の中で屹立《きつりつ》していくのが伝わって来る。私は、彼の首筋、肩、胸、腰、股間を順繰りに眺めた。男の吐き出す呼吸音が荒々しく玄関を占拠していく。

放し飼いの猛獣が一匹、私の家の、穏やかで幸福そうな一家の玄関に、いる。

私は、

「熱いわ」

と誘いをかける。

そっと自分の胸元に手をやる、襟首から露出している肌に指先で触れてみる。それを少しだけ奥へと滑らせる。食いいるように見つめる男の視線。私は危険に飢えている。

男の肉体が撓《しな》った。今にも襲われそうな、凶暴な血の流れを感じる。かみ千切られるのかしら、鋭い歯で肉が裂けるほど、骨まで砕かれるほどに嚙まれるのかしら……。

奥で二歳の息子が寝ているというのに、激しく男を誘っている私とは何だろう。どこかで何かが壊れる音がした。私の心の奥底で、板ガラスのような道徳心の床が抜け落ちる。

私は我慢できず、唇を舌先で嘗めた。上唇から下唇へとゆっくり舌先を動かす。心臓が飛び出してしまいそうなほどに内側で暴れ出した。

乾ききった唇に湿り気が戻る。弛緩《しかん》した唇を早く男の固い唇で塞いでほしい。

男は靴も脱がず廊下に上がり込むと、まるで格闘でもするみたいに私を抱きしめた。骨が折れそうなほどに体が撓《たわ》み、私たちはそのまま廊下に倒れ込んでしまう。待って、待って、大きな音をたてないでと叫ぶが、野生化した雄は元に戻らない。

私は衣服を荒々しくはぎ取られ、力の加減もなく、まるで性欲の処理道具のように扱われた。

男はそれからちょくちょく仕事の途中にやって来るようになり、私たちは昼下がりから激しく求め合った。子供が奥の部屋で泣いていても燃え盛る欲望は失せなかった。若くてエネルギーの有り余った彼のセックスは、あからさまで健康的で、どこか暴力に溢れていた。

彼の持ち込んだ刺激に、私はすっかり本性を解放し、内側が変化を始める。これが本当の自分なんだ、と叫びたくなった。日常という鋳型に押し込めていた偽物の自分とはオサラバする時が来たのだ。

外でも会うようになり、彼のアパートに通いつめるようになっていく。

様子のおかしい私に対して、夫が不審気な顔で、最近どうかしたのか、化粧が濃くなったような気がするんだが、と聞いてきた。まだ二十四歳なんだから、化粧くらいしたいわ、と返すと、夫は息子の前で強引に私の胸元へ手を滑り込ませてきた。不快感に包まれ、私は夫の手を払いのけてしまう。

数日後、私は夫が家を建てるために貯め込んでいた貯金を銀行から全て下ろし、若い彼と逃避行に出た。

夫のことはまだしも、まだ幼い息子のことがまったく気にならないのが不思議でならなかった。母性はどこへ消え失せたのか。母性などあったのだろうか。本当の自分はどこにあるのだろう。

何もかもを忘れるために、彼の体に溺れた。決してハンサムというわけではなかったが、体は丈夫だった。目も細かったし、性格も粗野だったが惹かれた。自分のために彼もセールスマンの仕事を捨てて来てくれた。そのことだけで私は充分満足だった。私のために人生を捨ててくれる男がここにもいた。しかも若くて、逞《たくま》しい。それだけで充分じゃないか。

二人は石垣島に逃げた。涼しい北海道に行くかどうか迷った挙句、もっと暑い土地へ行こうということになった。お金が無くなったら野宿ができる、と彼は笑った。

石垣空港からバスに乗った。荷物らしいものは何もない。下着と数枚のシャツだけで、後は、「退職金」とこっそり呼んでいる現金が三百五十万円ほどあった。

贅沢をしなければ、一年くらいは食べていける金である。それがなくなったら、二人で働けばいい、と彼は笑った。

川平《かびら》湾の近くにキャンプ場があり、節約も兼ねて小さなテントを買い、そこで暫く生活をすることとした。

まるでヒッピーにでもなったような気分がした。同年代の若い連中が浜辺を占拠し、歌ったり、料理をしたり、語ったりしていた。語るといっても、難しいことを語る者はいなく、下らないことばかり、意味のない戯《ざ》れ言《ごと》、たとえばサッカーのことや、音楽のことや、オカルトや宗教のことばかりを話し合っている。それが私には気楽で心地よく、また居心地も良かった。

何もかも捨てて、着の身着のまま生きるというのも、実際に実行してみるとそれほど大それたことではなかった。日常なんて、自分で勝手に作った鋳型に過ぎなかった。鋳型を捨ててしまえば、そこにこそ楽園がある。

出来るだけ息子のことや、家のことを思い出したくなく、毎晩遅くまで飲み、昼間は激しく抱き合って、疲れたら砂浜で日光浴三昧《ざんまい》。後はひたすら海を眺めて過ごした。

同世代の若者と浜辺で焚き火を囲んで過ごしていると、自分もまだ充分に若い、ということを思い出すことができた。二十四歳なのだ。やり直せる年齢である。不倫や逃避行や育児や家庭なんてものに早くから巻き込まれていたせいで、自分はもうおばさんだと信じて疑わなかったが、そうじゃない。もう人生は終わったと思っていたが、そうじゃないのだ。脱ぎ捨ててしまえば、こんなに若々しい世界が待っていた。

隣のテントに日本中を歩いて旅する関西出身の青年がいた。私と同じくらいの年齢で、気もあった。目鼻だちが良くて、しかもどこかにかげがある。いつも一人だけぽつんとした場所に座っては読書をしている。なんの本かは分からないが難しそうな本で、何を読んでいるの、と聞いても、くすくす笑われてはぐらかされてしまう。

私の彼は、その青年にちょっと焼き餅を焼いている。私が青年の方を見ていると、彼が私の肩を小突く。

「なんでじろじろ見てんだよ」

私は、そんなつもりじゃないよ、と言うが彼の嫉妬は納まらない。青年の見ている前で無理やり強姦されるように抱きしめられたことがあった。抱かれながら、恥ずかしいと思いながらも、ちらちらと青年を盗み見ては、自分の中に恋心が起こっていることを知るのだった。

私ったら、また。

でも、いったん好きになるともうどうしようもなくなるのが私の性格らしい。一方で彼に束縛されるのを楽しみながら、私の気持ちは隣のテントの青年に気移りしていた。

ある夜、キャンプ場の若者が集まって一緒に酒盛りが行われ、限度を知らない若さの盛り上がりの果て、私の彼は酒に飲まれていち早く寝てしまうということがあった。彼が酔いつぶれてしまうと、私は急にそわそわした。何か、とてつもなく恐ろしいことを想像していた。青年が私の傍に来て、寝てしまった彼を見下ろし、

「まだ若いな」

と呟いたのもきっかけの一つであった。

アダンの木の袂《たもと》で私は青年に跨った。酒盛りの騒ぎを遠くに聞きながら、誰も居ない浜辺で私たちはお互いの皮膚を噛み合った。子供の彼よりも、青年の方が少し知的なセックスをした。裏返されたり、折り畳まれたり、様々な体位を要求された。

普通だったら、求められなくともそうしているだろう行為を、彼は低くて淫らな声で催促した。もう少しその可愛らしい尻を俺の顔に埋めてくれへんか、と囁かれると、股間が勝手に締まって抵抗したくなった。

普段、私の彼には使わないような、甘えた声で、嫌、と抵抗してみると、青年は甘い吐息を吹き掛けて私の耳と頭の中を熱くさせた。

堪《たま》らず、私は尻を恥ずかしい限り彼の鼻先に突き出し、彼の逞しい制裁を待った。

翌日、私の若い彼が頭を押さえて起きてきた時、私はすっかり隣のテントの青年のモノとなっていた。青年はなに食わぬ顔で、私の彼に向かって、

「どないや」

と声を掛けた。酔いつぶれてしまったことを恥と感じた彼は、ちょっとここのところ体調が悪いからさ、と言い訳をした。

私はもう堂々と青年を見ていた。本を読み、遠くを見ている彼の横顔に、私はまた支配されたいと願うのだった。

数日後、私は青年に、ここから連れ出してくれないか、と持ちかけた。青年はじっと私の顔を覗き込んだ。値踏みされているような不快な気分に最初襲われ、

それからそれは羞恥心へと変化し、最後に腰が抜けそうなくらいの目眩《めまい》を覚えた。

「今夜一緒にどこかに逃げようか」

青年はまるで聖なる書物の一節を朗読するようにそう呟いた。逃げようか、という言葉が妙に優しく、しかも、か、の部分に関西のアクセントが乗ってますます心にフックした。

「今夜ね」

私は聞き返した。まるで、大冒険に出掛けるような胸騒ぎに、小さな胸がはち切れそうになっていた。

「ああ、今夜。みんなが寝静まったら、二人でここを逃げ出すんや。ええか。どこまでもどこまでも逃げるんや」

青年にいますぐ抱かれたかった。この人に抱かれている間だけ、私はきっと人生に風を感じることができるのだった。

何かがまた私の中で跳ねた。穏やかな沼地に一匹の恐ろしい雷魚が住んでいた。

男の何が私を狂わせるのだろう。どうして男と女という具合に人間は大別されているのだろう。そもそもどうして私は女なのか。

そんなことを考えながら青年に抱かれていた。青年の体は太っているわけではないがほのかにむっちりとしていて、骨董屋に置かれた象牙の仏像のよう。見た目は柔らかそうだが、肉には弾力があり、よく撓《しな》った。

キスはキャンプ場に残してきた前の彼に比べると随分上手な方だったが、彼は私の舌が好きらしく、濃厚な口づけが欲しい時も、ベロ出せや、とよくせがまれた。

私たちは石垣市内から船で二十分くらい沖合に浮かぶ竹富島の浜辺に寝ころがって抱き合っていた。星砂があることで有名な浜辺だが、本州でこれほど美しく神秘的な浜辺を見たことがない。海はエメラルド色をしているが、浜は白く、そしてすぐそこまで迫った植物の森は傘を開いたような不思議な形をした樹木が連なって出来ていた。

浜辺の入り口に貝殻を売る少女たちがいたが、商売気はまるでなく、昼間からだらし無く寝ころがり暑さに茹《うだ》っていた。

「なんでベロなの」

と聞いた。

「いいやん、ベロ」

と青年は笑った。

仕方がなく舌を突き出した。顎が下がり、何か奇妙な拘束感を覚える。まるで歯医者で強制的に口を広げさせられるような感じだった。

青年は舌先をじっと見つめた後、まるでアイスクリームでも嘗めるみたいに唇でそれを吸った。柔らかい青年の唇が私の舌先を覆う。それから舌が伸びてきて私の舌先をくすぐった。

青年の顎も開いていて二人で変な顔をしたままディープキスとなった。青年は顔を離すと、もっとや、と言った。

仕方なく舌を広げてだらりと垂らしてみせると、青年は私の顔をじっと見下ろし、それから今度は嘗めたり吸ったりはしないで、嗅《か》いだ。鼻を近づけて、私の舌を嗅ぎ回っている。唾液の匂いに興奮するのか、青年は体を私に押しつけてくる。下半身はすっかり硬直していて、それが私をどんどんと突いてきた。

抵抗しようとするが、脇を固められてしまっているせいか動けなかった。だだっぴろい、最南端に位置する美しい浜辺で、私は自分の舌の匂いを嗅がれているのである。

青年も舌をだらりと垂らしており、今度は舌に舌を重ねられた。ひやりとした冷たさが脳を刺激する。青年は丁寧に私の舌を拾うとそれを頬張り嘗めた。何度も何度も私の舌を弄《もてあそ》んだ。私は中腰になったまま、身動きも取れず、青年のいいなり。しかしこれが奇妙なことに、そうされているのがとても心地よいのだった。

青年が理解を越えてミステリアスであればあるほど、私は従順を選んだ。

夜、竹富島の中程にある小さな民宿に私たちは宿を取った。長期間滞在をするつもりだったので、前もって一週間分の宿泊費を支払った。

「金持ちなんやな」

青年は部屋に入るなりリュックの中に無造作に突っ込んでいた札束を鷲摑《わしづか》みにして取り出した後、言った。仕方がないので私はこれまでの事情を説明した。

退職金かいな、と青年は、興味なさそうに呟いた。

「それにしても、こんな大金見たことないがな」

と言って、青年は札束を畳の上に並べだした。前の亭主がタクシーの運転手をしながら一生懸命稼いだお金なの、ともう少し詳しく説明すると、青年は、金が人間を滅ぼすんや、と吐いた。

「こんなものに惑わされるんは愚かな連中だけや。これがただの紙切れだと想像することができないイマジネーションの貧困な連中だけや」

今まで知り合った男たちとは何か違うものがこの男にはある。どこか世界に対して冷めた気分を持っている、と私は思った。

青年は、ええか、よーく見てるんや、と言って不意にライターを取り出した。

不気味な笑みを浮かべていたが、次に起こることを私はどこかで想像していた。

青年は一万円札を一枚摑むとライターでその尻に火を付けたのだ。一万円札に火が灯《とも》り、それは瞬《また》く間に福沢諭吉を焼き払った。あっという間に一万円札が灰になる。

「あちち」

青年は最後に手を離したので一万円の燃えかすが私の膝の上に落下した。驚きというのとは違う、何かが私の中でぽっと灯るのを覚えた。新しい興奮とでも呼べばいいのか。

「なんや、こんなもん。燃やしたらそれまでやんか」

青年は笑いながら私を見つめ、

「どんな気分や」

と聞いてきた。腹が立つわけでもないので、まだ分からない、と答えると、青年は、そうか、と呟き、もう一枚摑んで、それを私達の目の高さまで持ってきた。

「また燃やすの？」

「あたりまえやがな」

「どうして？」

「燃やさな、燃やした後と燃やす前の違いがわからんやろ」

そう言うとライターに火を付けた。私は思わず、青年の腕にしがみついてしまった。

「なんや」

青年は軽蔑するような目で私を見下ろした。私はドキドキしていた。

「おしいんか。一万円がおしいんか」

私は首を左右に強く振った。

「そうじゃないけど、そうじゃないけどさ、お金が無くなったら、食べることも、屋根の下で寝ることもできなくなるんだよ」

「そうか」

と呟くと、青年はライターに火を付け、一万円札に火を付けた。

みるみる一万円は燃えた。青年は笑いだし、気持ちええなあ、と叫んだ。その目はあの浜辺で読書をしている青年の涼しい目ではなかった。しかし彼の瞳の中心が煌々《こうこう》と燃え盛っている絵は不気味なほどに美しい。

　全てを燃やされてしまうと恐れた私は青年からライターを取り上げ、それを自分のジーパンのポケットに隠した。青年は笑い転げ、未熟やな、と声を発した。

「まだ現世の呪縛《じゅばく》に囚《とら》われてるんか」

「そうよ、生きてるから」

「アホ。こんな紙切れに振り回されて。お前の今のザマはなんや」

　青年に詰《なじ》られ、心の奥の方が羞恥心で赤く染まった。

「ベロ、出せや」

「え」

「ええから、ベロ出せって」

　私は仕方なく舌を出した。裸電球の直截《ちょくさい》な光が上から降り注ぎ、私の前に仁王立ちになった青年を金剛力士像のようにみせた。目を瞑《つむ》り、青年のいいなりになった。青年は笑うのを止めず、私の舌を嘗めつづけた。溶けていくのが分かった。それは外側からではなく、内側からの溶解。

　こんなのはじめて、と思った時はすでに、股間はすっかり浸水状態となっていた。舌がまるで性器のように勃起し、敏感に私を惑わした。青年は真上から私の舌を吸いつづけた。私は膝をついて懺悔《ざんげ》をする信徒のように神の加護を待った。夜を徹して卑しめられた。何度も何度も抱かれ、激しく魂を突かれた。興奮が下半身で渦巻き、腰が砕けて起き上がることもできなかった。

翌朝、自転車で星砂の浜辺まで出掛けると、青年は裸になって駆けだした。青年が脱ぎ散らかした衣服が白い砂浜に点々と置き去りにされていった。青年のどこか女性的な肉体が海と砂浜の境界線を進んだ。そのままもう戻ってこなくなるような気がするほどに遠くまで走っていく。

私は慌てて青年の衣服をかき集めながら後を追いかけた。まだ時間が早いせいか砂浜には誰もいなかった。青年は石で出来た桟橋の突端に座って海を見ていた。私はその隣まで行き、腰を下ろした。

「誰かが見たら恥ずかしいじゃない」

「誰に対して恥ずかしいんや」

青年は笑った。

「誰にって、裸を見た人に」

「俺が恥ずかしいと思わなかったら、恥ずかしくないやろ」

「そういう問題じゃなくて、ルールとかマナーの問題でしょ」

青年は真面目な顔をして、夫の金を盗んで、子供を置き去りにしてきた女が何抜かすんや、と吐き捨てた。

青年は自分のひざ小僧を抱えて、くすくすといつまでも笑い続けてなかなか止まなかった。何が可笑《おか》しくて笑っているのか疑わしくなるほどに笑い続けている。それから唐突に笑うのを止めて、海原の先を見つめた。青年の言葉づかいとは裏腹にその瞳は青く澄み渡っている。

「みんなアホや」

と呟いた。

「人間なんかみんなアホやんか」

「そうかな」

言うと、青年は、まあええわ、と小さく言葉を吐き出し、私が持っていた服を取り上げると、それをぽいと海に投げ捨てた。

「何するの！」

青年は海に浮かぶ衣服を指さしては笑っている。そして今度は私の服を脱がせはじめ、それを次々海に投げ捨てていった。

「ちょっと、ちょっとやめてよ」

「ええやんか。こんなものを纏《まと》っているから、いかんのや」

「ねえ、どうやって民宿まで戻るのよ」

「裸で戻ったらええんや」

「いやだよ」

「なんで」

「恥ずかしい」

「アホ、恥ずかしいと思うから恥ずかしいんや、だいたい人間は服を着て自分を誤魔化しすぎる。本当の自分を見なきゃだめや。ええか、本当の自分や」

私の下着をおもいっきり遠くへ放り投げたあと、青年は私を抱いた。

「人目なんか気にすんな。他人に支配されるな」

「無茶言わないで」

「無茶やない、宇宙に身を晒《さら》して生きるんや。本当の自分を知らなあかん」

青年は激しく私を抱きしめた。そして私のベロを可愛がった。私は窒息しそうになるのを堪えながら青年と舌を絡ませた。

抱かれながら思った。本当の自分とはなんだろう、と。本当の自分なんかに出会ったことはあっただろうか、と。いつも私は何かを捜し求めている。男たちを乗り換えながら、必死に捜していたものは、或いは本当の自分だったのではないか。

「本当の自分をあなたは見つけたの？」

腰を振り続ける青年に向かってそう訊いてみる。青年は質問には答えず、無我夢中で私を抱いている。私も次第に心地よくなっていって、青空に目が刺さった。終わった後も、私は青空から目が離せなかった。果てし無く広い空がそこにはあった。雲一つ無い南国の空を裸で私は見上げていた。都会では決して出来ないことをしている。これが本当の自分の姿なのだろうか。

「ええなあ、気持ちええやろ」

うん、と呟いてみた。青年は笑顔を崩さず、私にくっつき、自分を解き放つんや、と言った。その意味は分からなかったが、心地よくて眠気に襲われた。

気がつくと、濡れた服が裸の私の上に置かれていて、慌てて振り返ると、青年は裸のまま海で泳いでいた。

誰も居ない海を支配しているような我《わ》が儘《まま》な水泳である。青年が人魚のように見えた。どんどん、どんどん青年は沖を目指している。そのまま龍宮へと帰っていってしまうような気がして、青年を呼んだ。私の声は南風に消され、私の存在も光の中へと溶けだした。

翌朝、青年は私の全財産を持ち逃げしてしまった。代わりに青年が読んでいた本が私のサンダルの上に置かれていた。それをとって広げてみると、あなたは変わる、というタイトルの自己啓発本だった。

中を捲《めく》ってみると、セミナー主催者の前書きが最初のページに載っており、そのタイトルが、本当の自分と出会う、であった。

本には沢山の赤線が引かれており、青年が暗記するまでそれを熱心に読んだ形跡が残っていた。

半日かかって竹富島中を捜し回ったが、青年はどこにもいなかった。お金を盗まれたことが悔しいのではなかった。他人をすっかり信じてしまった自分が可笑しくてならなかった。

星砂の浜辺で観光客らしい中年の男に声をかけられたのはその日の午後遅く。海を見ている横顔が悲しそうだったので気になった、と男は言いながら近づいてきた。

石垣まで連れていってくれないか、と頼むと、男の目が一瞬輝いた。

「何か、困ったことでも？」

中年は紳士を演じようとして、こちこちになっている。下心が全身から滲み出ており、それを隠そうとすればするほど、中年は不自然な動きとなった。

「本当の自分を捜しているんです」

そう呟き、甘い目で男を見上げた。

「本当の自分か、いいなあ。で、見つかったんですか」

私は、ええ、と頷いた。今日はなんとか凌《しの》げそうだった。この男に美味しいものを御馳走になろう。リゾートホテルにでも連れていって貰おう。求められたら一度だけしてあげて、あの青年から学んだ方法で、男の全財産を盗んで明け方消えよう。

私はよろけたふりをして中年の男にしがみついた。まだ走れる、と私は自分を啓発した。本当の自分に出会うために……。

「美味しいものでも食べて元気を出すしかないな」

男は微笑みながら、私の腕を摑んだ。太陽が眩しくて、私は思わず目を瞑ってしまった。

王様の裸

The Naked King

あの青年に竹富島のうららかな青空の下、全財産を巻き上げられてからすでに二週間が経とうとしていた。感情を剝《む》き出しにして喋る青年の姿がいつまで経っても頭から離れない。三百万円もの大金を騙し取られておきながら、あの男の舌の感触が忘れられなかった。あっさりとした唾液の、まるで柑橘《かんきつ》系果汁のような滑らかさが記憶からいつまでも消えなかった。つっけんどんな大阪弁も耳に居座っていた。悔しさで心臓が破れそうなほど憤りを覚えても、何故か彼の肉体の撓《しな》り具合ばかりが脳裏に浮かび上がっては居座るのである。

私は青年に騙された方法をそのまま利用し、言い寄る男たちと一夜を共に過ごしては、明け方男たちの寝息を聞きながら財布だけをズボンから抜き取る犯行を繰り返していた。

罪の意識はもちろんあったが、なかには本当に心優しい紳士もいたので、財布を抜き取りながら、逡巡《しゅんじゅん》に心が乱れる時もあった。しかし女が一人、どん底からはい上がるには仕方のないことなのだ、と自分に言い聞かせ、心を鬼にして罪を重ねていった。

石垣市で知り合った中年の男は内地の土建屋の社長で、財布には新品の一万円札が百枚ほど入っていた。私はそれを資金にして、石垣を抜け出し、那覇へと渡ることにした。

私の人生はずっと逃避行の中にある。夫と息子を捨てて、男たちを渡り歩き、見知らぬ町を転々とした。置き去りにした息子のことが時々ふっと脳裏を過《よぎ》ることもあるが、不思議なものでそれも次第に薄れてきた。まだ二十四歳なのである。その若さがいけないのだ。略奪愛の末に一緒になった夫との間に息子を儲けたが、育児に明け暮れる生活の中で、私は日々溺れそうだった。体の奥底に弾けるような若々しい精神と心を押し込めては、やるせない日々を泳いでいた。まだその頃は二十二歳という若さだった。タクシーの運転手をはじめた四十過ぎの夫の帰りを待つ夜が寂しくて堪らなかった。

男たちを乗り換えるごとに、過去も現実もぼやけていく。息子の顔さえだんだん薄れていく。まるで麻薬中毒の患者みたいに、私は男の腕の中で、快楽の夢を見、新しい人生だけを欲した。

青年を再び見かけたのは、九月の最初の日曜日のことである。那覇のメインストリート国際通り沿いにある食堂に、青年が一人で入っていこうとしているところを私は反対側の通りから目撃したのだった。忘れるはずもない、確かにあの大阪弁の青年である。

急いで道を渡り、食堂へと直行した。青年は花柄のシャツ姿で奥のテーブルに座し、呑気《のんき》な表情でメニューを見つめている。シャツの新しさ具合から、あの三百万円が使われたことが伝わり、体中が震えた。

「ちょっと」

私はメニューを奪い取り、彼の前で仁王立ちになってそう言った。やっと追い詰めた、という思いで興奮してしまい顔面の筋肉という筋肉が微細に震えた。ところがそんな私とは反対に、青年は眠そうな目で私を一瞥《いちべつ》した後、驚く様子もなく私からメニューを奪い返すと、

「昼飯まだやったら、一緒にくわへんか」

と呟く始末。何を言いだすのかと、言葉を繋げず呆気《あっけ》にとられて彼を見下ろし

ていると、青年はもう一度私を見上げ、

「腹減ってないんか」

と、まるで竹富島での生活の延長さながらの馴れ馴れしさで言うのだった。

「ちょっと、何惚《とぼ》けてんのよ。私から盗んだ三百万はどうしたの？」

「あれか。あれはない」

青年はきっぱりと返す。青年の首筋を流れる汗が光って美しかった。それが彼の日焼けしたやや弾力のある皮膚の上を這うようにつるりと流れ落ちていく。思わず疼いてしまった。

「ないって、どういうことよ」

「ええから座れ」

青年に私は腕をひっぱられて仕方なくそこへ腰を下ろした。少し離れたところで二人のやり取りを聞いていた従業員に向かって青年が、

「ヒラヤーチーとビールを二つ。あんな、ヒラヤーチーはマヨネーズ添えてな」

と注文した。

「ええか、そんなふうにやな、感情を剝き出しにすんのはな、まだ人間ができてへん証拠やで」

そう言って、青年は高らかに笑った。次の瞬間、青年は私の股間に手をのせた。それを払いのけようとして、青年の指先と格闘をしたが、青年の力に屈して私の肉体は場所も弁《わきま》えず弛緩し、干上がっていた沼地に湿りけが戻った。店員がビールを持ってきたので、青年の手がすっと私の股間から離れ、その瞬間、私は少し寂しいと感じてしまった。

「ないってどういうことか教えて」

私はビールを美味しそうに飲む青年の逞《たくま》しい横顔に向かってそう告げる。青年は鼻の下についた泡を手の甲で拭った後、ないもんはないんや、と言った。

「ひどいじゃない。泥棒！　返してよ。私の退職金」

「何言うてんにゃ。泥棒はお前やろ。退職金やて、どあほ。あれはお前が前の夫から盗んだ金やんか。できるなら警察に通報してみい」

私は奥歯を嚙みしめることしかできなかった。青年を睨《ね》め付けると、青年は白い歯を真っ黒な顔の真ん中で健康的に輝かせ、笑ってみせる。

「そんな顔すんな。それにな、俺はあれを盗むつもりはなかった」

「どういうこと？」

「ちょっと借りただけや。賭け事をして、倍にして返すつもりやった。そうすれば、お前は元本を前の夫にそっくり送り返して、そいつと完全に手を切れるわけやんか。それで俺と新しい人生を築き直せるなら、と思ったわけや。俺はな、善意でしたことや、なんで責められなあかんねん。お前を呪縛から解放させてやりたいと思っただけやろ。それでこっそり持ち出したんや。競馬で倍にしてみせるなんて言うたら、お前はきっと怒るやろうと思って、だからこっそり一人で出掛けて行ったわけや。お前の喜ぶ顔が見たかった。ほんまやで。ところがそういう時に限って神様は味方してくれへんのやな。むごいの一言やで。あれだけの金が一日で、いや数時間でパーになるんやもんな。ほんま、金は幻や。帰るに帰れなくなってしもうた。ああいうもんに現《うつつ》を抜かす人間はほんまに馬鹿やっちゅうことに気づかされただけ、まだ神はおるし、神の計らいに感謝せなあかんな。ほら、何してんのや。感謝せえ！」

私は瞬《まばた》きさえできなくなり、話の先を聞く気力さえ瞬時に奪われ、その場で肩の力を落としてはうなだれてしまうのだった。

「賭け事はやっぱむかんな。反省してる。この通りや、謝る」

青年はペコリと頭を下げてみせた後、ビールの残りを一気に飲み干してしまった。

再び青年と暮らしだすこの奇妙な縁に、心のどこかで微《かす》かに喜んでいる自分に驚いた。那覇からしばらくバスに揺られ、サトウキビ畑のはずれにあるキャンプ場に私達はテントを張った。私は土建屋の社長から巻き上げた百万円については青年には一言も言わないことに決めていた。

「今、いくらあるんや」

と青年に聞かれたので、一銭もない、と言い、わざと用意しておいた空の財布を見せた。青年を信じているわけではなかったが、どこかで期待もしていた。青年が金のない自分のことをこれからどう扱うか様子をみてみたかったのだ。

青年は「ベロだせや」と言った。私は言われるまま口を開き舌を青年に委ねた。彼の濃厚なキスは私を蕩《とろ》けさせた。丁寧に、そして時には激しく青年は私の舌を吸った。舌先が彼に吸われるたびにどんどん尖っていくような錯覚が起きた。まるで自分のベロが男根のように思えてくるから不思議だった。舌の先端に穴があいていて、そこから真っ白な精液が迸《ほとばし》りそうな気がして仕方なかった。

「もうだめ。やめて、おかしくなっちゃう」

言葉にならない声でそう訴えた。すると青年は私の舌を今度は歯先で嚙みはじめた。敏感になっていた舌全体がざくざくと硬質な彼の歯で嚙み砕かれていく。痺《しび》れが全身を駆けめぐり、思わず青年にしがみついてしまった。

頭の中が麻痺している間、青年は私の服を脱がせ、夜空の下、私を抱いた。周辺に声が漏れないよう、声を必死で我慢しなければならなかった。

全財産を巻き上げられたというのに、私はすっかり青年なしでは生きていけない体と心になって朝を迎えた。青年の寝顔を見つめながら、この野郎、とは思ってみても、それはすぐにいとおしさへと変化するのである。私は青年の肩に自分の頰を押しつけて、この幸福がいつまでも続くようにと神様に願うのだった。

昼過ぎに青年は起き出し、

「腹へったな」

と言った。

「肉が食いたいと思わへんか。沖縄はな、ビーフステーキが本場なんや」

「でもそんな金ないじゃない」

「あるやんか」

青年は海の先を見つめてそう言い、片頰に笑みを拵《こしら》えた。まさか、と用心をしたが、青年は私のリュックを一瞥した後、どないしたんや、あんな大金、と呟くのである。

私は思わずリュックを自分の方へと引き寄せ、そのまま抱きしめてしまった。

青年はじろりと私を見返ると、それでしばらくはうまいもんが食えるやんか、とヌケヌケと言うのである。

「だめよ、これは私のお金。必死で働いて貯めたお金なのよ」

「何が必死やねん。どうせ男を騙して拵えた金やろ。こんな短い時間で稼げる金かいな。え、どないやねん」

私が言葉を返せないでいると、青年は、ほら、図星や、と鼻で笑った。

「相変わらず未熟やな。それくらいの金で目の色変えて、自分が情けないとは思わへんのか」

「何よ、これは体をはって稼いだ真っ当な金なのよ」

「何が真っ当や。体売って作った金やんか」

「ひどい」

私は青年に飛び掛かっていた。しかし青年の腕力には敵わない。逆に青年に組み伏せられてしまった。どうせ、男がシャワーを浴びている間に財布から盗んで貯めた金なんやろ、そんなものに執着してたらやな、自分の一度しかない人生を台無しにしてまうぞ。

私は青年の顔に唾を吐きかけた。青年は顔色を変えて私を殴りつけた。平手が何度も私の頬をはった。

「いや、痛い。やめてよ」

青年のヒステリーが納まるまで、私は自分の顔をガードし続けなければならなかった。悲しみと悔しさで感情が乱れ、涙が頬をどんどん流れ落ちていった。

「すまんかったな。ちょっと興奮してもうた。殴るつもりはなかったんや。すまん、許してくれへんか」

しばらくすると青年は優しくなり、私をそっと抱きしめた。私は恐怖からなのだろうか、それとも甘えからなのだろうか。青年の胸にしがみついてさらに激しく泣いた。

「よしよし、ええんや。もう泣かんでええ。こんなことは人生の中では小さなことや。もう泣くな。お前の金を黙って借りたりはもうせん。お前が大事に持っていればええんや。ただな、金は幻や。金なんちゅうものに現を抜かすと、その一度しかない人生を台無しにしてまうで。こんなもんはな、はよう使ってもうた方がましなんや。一緒にステーキを食いに行こう。仲直りにステーキでも食ってぱーっとやろう」

私には青年の言葉の意味は届いてはいなかった。ただ青年に抱きしめられていると安心だった。いつかこの男はまた私を捨てて、どこかへと行ってしまうのだろうな、と考えてはまた別の涙が流れた。

「もうええやんか。泣くのをやめ」

青年は舌先で私の目を嘗めた。柔らかい彼のベロが私の目玉を洗浄していく。くすぐったかったが、気持ちよかった。

「しょっぱいなあ、お前の涙は物凄くしょっぱいで」

青年は笑いながら私の涙を嘗めつづけた。そのうち二人ともおかしくなって笑いだしてしまう。何がおかしいんや、と青年は笑いながら言った。私は青年に強く抱きついた。騙されてもいい、と思った。

那覇のはずれのステーキ屋で二人は特大のアメリカンビーフステーキを食べた。昼間からビールを飲んで、少し酔っぱらうと、そこから歩いて十分ほどのところにある那覇市民憩いの海水浴場で泳いだ。

雲一つない晴天だった。二人は短い人工のビーチの真ん中に座り、スピーカーから流れ出てくる軽やかな音楽を聞きながら、波打ち際で遊ぶ親子連れなどを見て、寝ころがった。ビールが飲みたいな、と青年が言うので、私は近くのスタンドまで走り、ビールを買って戻ってきた。ビールを買っている間に青年がいなくなっているのではないか、と気が気ではなかった。身も心もすっかり青年の奴隷になっている自分に腹も立ったが、今は誰かに依存していられる自分の立場が幸せだとも感じた。

「なんか幸せやな」

青年はビールを一呑《ひとの》みしてから言った。私は、うん、と頷いた。

「ぎょうさんあったけど、あれ全部でいくらになるんや」

青年は海をまっすぐに見つめたまま言った。私の顔の神経が勝手に反応し、目尻から口許にかけて硬直してしまった。

「あほ。これからの作戦をねらなあかんやろ。どう生きるか、作戦をねるんや。軍資金が幾らあるのか知っとく必要がある」

私は用心をした。青年は私の言葉をじっと待っている。そのクールで穏やかな横顔が恐ろしかった。私と青年の間に置かれた現金の入ったリュックに思わず目が止まった。

青年は百万円を僅か一晩で使い切ってしまった。彼はただ一言、すまん、と呟いただけだった。

「どういうことよ」

「すまんな、悪かった、この通りや、謝る」

青年は、その金を倍にしたる、俺を信じろ、と告げて賭博《とばく》に出掛けたのだった。もちろん信じたりはしない。猛反対をしたが、彼はなかば奪い取るような恰好で現金を私のリュックの中から持ち出してしまった。

「どろぼう」

「アホ、金への執着を捨てろっていつも言ってるやろ、何聞いてたんや今まで」

「何言ってるのよ。賭博なんかで儲かるわけないでしょ」

「どアホ、やってもみないくせに、最初から敗北するんか。そういう生き方は俺にはでけへん」

賭博場の前で待っていると、明け方、青年は大柄の男たちに両腕をがっしりと固められて出てきた。まるで生ゴミでも捨てられるような勢いで道へと放り出されてしまった。

「こら！　なめとんのんか」

青年は暗闇に向かって怒鳴っていたが、命があるだけまだ良かったのではないか、と彼の唇が切れて血がうっすらと滲んでいるのを発見して、思った。

私は青年の腕を摑んで、何も言わずにそこを離れた。

「アホ、そんな経験、あるわけないやろ」

青年はそう告げた。

「賭博したことないのに、百万も賭けたわけ？」

「経験なんか最初はみんなないやんか」

青年はぽつりとそう呟いた。呆れ果てて言葉も出なかったが、何故かそういう子供っぽいところも彼らしく、嫌いにはなれないでいる自分に呆れるばかりであった。腹へったな、と青年が言う。

「うん、おなかすいた」

「キャンプ場まで戻るにも、バス代もないもんな」

私はポケットを漁《あさ》り、百円玉が二枚あるのを発見した。

「パンでも買って食べる？」

青年は、ちぇ、パンかよ、と愚図《ぐず》った。

「あんたがいけないんでしょう」

国際通りのデパート前は明け方だというのに若者で溢れていた。東京では考えられない光景である。中学生くらいの年齢の男女が、ヒップホップか何かわからないが、不思議な恰好で、屯《たむろ》していた。

「くそガキめが！」

青年は青春している連中を睨み付けては毒づいた。

「ああいう小僧が日本をダメにしてるんや。親の顔がみたいわ」

私は笑わずにはおれなかった。賭博で百万をすられた男の台詞ではなかった。

「見てみい、あの車」

車体の低い改造車を青年は顎で指した。ピンク色がかった派手な色のオープンカーである。若い男女四人が中から出てきて、デパート前で屯していた少年たちと合流した。笑い声が弾けた。少年たちはラジカセの音楽に合わせて、奇妙なステップを踏んでいた。

「なんや。あいつら、ガキのくせに」

そう言った直後、青年の眉根がきゅっとひきしまった。次の瞬間、私は青年に手首を握りしめられた。青年は迷わず、車を目指している。彼の愚かな考えを中断させようと、手をひっぱり返したが、青年の手には力が籠っていた。

「じたばたすんな。ここで俺とおさらばしたいんやったらそれでええ」

「なんでよ?」

「俺は行くで。どこまでも行く。ついてくるならこい」

青年は車に飛び乗った。

「はよう、乗れ!」

青年に置き去りにされるわけにはいかず、私も必死で車の中に飛び込んでいた。

青年は、アメ車ははじめてやから、わからんな、と呟いている。そのうち少年たちの一人が気がつき、何やってんだ、と叫んだ。それが合図となり、少年の一群がこちらへ目掛けて走ってきた。なのにエンジンがかからないのか、青年は焦りを隠せず、

「くそ、この車なんでエンジンがかからんのや。だから車は国産に限るっていつも俺は言ってたんや」

と言いだした。先頭を走っていた少年が車にたどり着いた丁度その同じタイミングで、車のエンジンがかかり急発進をした。

「やった、動いた！」

ボンネットに飛び乗った少年を、ジグザグ運転によって路上へと振り落とし、私達をのせた車はまもなく猛スピードで夜明けの国際通りを抜け出したのだった。

「ボケ！　ざまあみろ」

青年は明けはじめた空に向かって笑いながらそう怒鳴った。私は頭を両腕で抱えたままシートにうずくまるようにしていた。横目で青年を見ると、彼はへらへらと笑いながら、

「さあ、ドライブや、地獄の果てまでドライブしよう」

と目を光らせて言った。

キャンプ場に一度寄り、荷物を積み込むと二人は北を目指した。海岸線沿いの美しい国道をどこまでもまっすぐに北上した。そこに何があるのか、私にはわからなかったが、彼と一緒にいられるこの一瞬一瞬だけが生々しく自分に迫ってきており、高揚を覚えた。

車の中を漁ると、後ろのシートに少年たちの鞄があり、中に現金が六千円入った財布を見つけた。

「六千円か、まあ、ないよりはましやな」

青年は笑った。ふと、この人はどういう人生をこれまで生きてきたのだろう、どういう仲間たちが回りにいて、どういう親に育てられて、どういう人と恋をしてきたのだろう、かと。

あんなに抱き合っても、彼の心の中を理解することは難しかった。理解できないから好きなのかもしれない、と思うと微笑みを誘った。

「ねえ、将来って考えたりするの？」

ハンドルを握る青年の横顔に向かって、そう言葉を投げつけてみた。

「なんや、将来って」

「こういうことをしてみたい、とかさ、こうなりたい、とかね。なんか夢のようなものはあるのかなって思って」

「夢かいな、夢ならあるで」

青年はこちらを一瞥してそう言った。何？　と聞き返すと、彼は、そうやな、王国を作ることや、と言った。

「王様になってやな、君臨するんや。多くの人の上に立ってやな、みんなに慕われる人間になるんや」

私は吹き出してしまった。王様？　と大きな声を出してしまった。

「あなたが慕われる人間になる？　どうしてそんなことを考えつくわけ？　自分のことを鏡で見たことあるの？」

「アホ、なめとんのんか」

「どうしてそういう絶対に実現できそうにない夢を見るのかな」

「なんで実現でけへんって決めつけるんや。夢のないやっちゃな」

「だって、無理だよ。かりに国王になれたとしてもだよ、まず人や領土を治めることなんかあなたにはできないし、一つの場所で一生生きることもできない。さらにはその性格でしょ、慕われるわけがない」

「そうやろか」

私は真剣に、そうやろか、と言った青年に胸が締めつけられそうになった。この人は本気で王様になりたいと思っていたのだろうか。

「俺が王様になったら、その国の国民は幸福になると思うんやけどな」

青年の顔は真剣であった。

「なんで？」

「だって、俺が王様やったら、まず金をなくすで。金があるせいで人間はな、争うんや。お前みたいに金、金、金ってうるさい人間が増えるわけやろ」

「お金がなくなったら、どうやってものを買ったり売ったりするわけ？　社会が動かなくなってしまうじゃない」

「なんでや。昔は金はなかったはずや。まだ金が発明される前の世界は戦争もなかった。損得っちゅうもんが人間を上下に分けた。それでな、苦しい人とうれしい人とに分かれてもうた。差別を生んだ。殺し合いも起きた。全部な、金のせいや。金があるせいで人間はおかしくなるんや」

とくとくと語りつづける青年から目を離せなかった。青年の中にも、宇宙があって、私ははじめて訪れた土地に感動でもするように、彼の心の中の荒野にぽつんと立たされていることを喜んでいた。

「お前、俺の国の第1号の国民にしてやる。人間の生まれ持った呪縛から解放させてやる。俺の国の国民はみんな生まれながらに平等な自由と幸福を持っているんや。だからな、貧しさなんか気にならへん。いじめにあっても痛くも痒《かゆ》くもないんや」

「いいね、どこに作るの、その国？」

青年はにこっと微笑んだ。

「どこってことはない。ここでもいい」

「ここ?」

「沖縄でも、日本でも、アメリカでも、どこでもいいって意味やな。場所は問わない。だいたい、国っていうと、みんな土地とか領土とか国境とか民族とかややこしいもんと結び付けたがるやん。あかんねん、その発想がすでに」

「どういうこと?」

「土地なんかに支配されているうちは、新しい王国はでけへん。世界はもう狭すぎや。場所なんかどこでもええっちゅうことやな。人間が領土や。人間が存在していることが大切なんや。俺の国はな、限定された領土はない。その人間が俺の国の国民だと思えば、それで成り立つわけや。お前が俺を自分の国王だと思えばそれでええんや。それにな、強制っちゅうもんがないからな。いつでもお前は好きな時に国民を辞めることができるんや。ええやろ」

ふと彼が読んでいた自己啓発本のことを思い出した。彼が喋っていることがどこかの宗教の教祖が言った言葉のような気がして、喜びの裏の方に異物感を感じた。

「自己啓発の本読んでたよね」

青年は笑った。

「あれか。あの下らない本のことか」

「でも真剣に読んだ形跡があったよ。赤線とかいっぱい引いてあった」

「アホ。あれは間違えた考えの上に線を引いて消そうとしてただけや。こういう馬鹿なものを信じるなよ、という意味で置いていったんやないか」

高笑いをする青年をどこまで信じていいのか分からなかった。どこまでが本当で、どこまでが嘘なのか、分からなかった。領土のない国という発想も彼が考え出したものかどうか分からなかった。どこかで読んだ、誰かの受け売りかもしれなかった。


最北端まであと数キロという地点で、ガソリンがなくなり、私達は車をサトウキビ畑の中に隠し、近くの誰もいない浜辺でビバークした。テントを張る前に、沈む夕焼けを見ながら抱き合った。青年の舌先が私の口の中を甘く蕩けさせていった。

青年の上に私は跨った。すると目の前に真っ赤な太陽が見えた。興奮しているのに思わず、きれい、と言葉が出てしまった。

「王様、海の上に綺麗な夕日が出ていますよ」

と言うと、青年は私を抱きしめたまま一回転した。

「ほんまやな、綺麗な太陽やな」

すると青年はまだ途中だと言うのに、私から離れ、海に向かって走り出してしまった。青年は裸が似合った。洋服とか、腕時計とか、ベルトとか、靴とか、そういうものは全て青年を地上に束縛する道具に過ぎなかった。屹立したままのペニスも、ぷりぷりとした尻も、全てが神によって与えられたごくあたりまえの肉体の一部分であった。

青年は波打ち際で海水を手で弾いていた。まるで子供のように無邪気に遊んでいるようにしか見えなかった。

「何してるの?」

「こっちにきてみい」

私は立ち上がると、青年の方へと走った。

「ほら、夕日を捕まえるんや」

青年は赤く染まる海を捕まえようとしていた。私も彼の手伝いをした。絶対に捕まえることができないもの。そういうものを青年はその手で捕まえようとしているようであった。水しぶきを浴びた。私は青年に抱きつき、二人は波打ち際でさっきの続きとなった。

海水が二人を揺らした。まるで母体の中で抱き合っているような心地よさであった。

青年がいう領土のない国という考えがなんとなく伝わってきたような気持ちになった。二人は打ち寄せる波の中でキスをした。青年の唇を何度もしゃぶった。

「王様、もっと頂戴」

青年から離れたくなかった。ぴったりとくっついていたかった。

青年が私の前から再び姿を消したのはそれから一月後のことである。金がなんや、と青年は言い続けていたが、実際には金がなければ何もできなかった。それで私は青年を食べさせなければならない、と思い、浜辺から歩いて十五分ほどの漁師町のスナックで働くことになったのだった。

ある日、仕事の帰りに食料を買い込んで戻ってみると彼はいなくなっていた。テントもなくなっていて、私の荷物だけが段ボールの箱の中に入れられ、浜辺に放置されていた。段ボール箱のぐるりに、彼のメッセージが残されていた。

「愛する国民のみなさまへ。あなたが働きに出て、私があなたの帰りを待つという生活が私にはむかないと感じ、私は新たな領土を探しに旅に出ることにしました。私はいつでもあなたの心の中にいます。またいつか、縁があるのだから、思わぬ時、思わぬところですれ違うこともあるでしょう。それをお互い楽しみにしてこれからの人生を生きましょう」

私は夕日を見ながら泣いた。打ち寄せる波だけが擦り切れた私の心を慰めてくれた。唇が寂しくて仕方がなかったが、彼を支配することができないことくらいあるいは最初から分かっていたのかもしれない。彼は国王なのだから。そして私はいつまでも国民なのだから。さよなら王様、と私は心の中で呟き、自分の体を抱きしめた。

世界の果て

To the End of the Earth

1

ブロンクス地区のはずれに小さな公園があって、といっても空き地みたいな殺伐とした広場のことだけど、そこが奴のここのところの仕事場で、その日も午後一から出掛けていって、客を待っていた。でも今日は奴にとってちょっと特別の日で、というのも妹のアニスの十九歳の誕生日だからで、ワイオミングへ嫁いだ姉のモリーも戻ってくることになっていた。別にいちいち誕生日だからといって家族みんなで集まることもないじゃねえか、と奴は舌打ちをしつつも、でもやっぱり妹の誕生日くらい祝ってやりたい、と思い直す。

いつもあいつのことでいらついちまう、と鼻で笑ってみるけれど、一方で悲しそうにしているアニスの顔が脳裏を過《よぎ》っては結局、妹を切り捨てることができない。顔を出すだけでいいんだと、母親にも一週間ほど前から電話で釘を刺されている。

　奴はうろつく。公園を隅々。客が現れるのを待っている。

　太陽が傾きだした頃、——今日は客がこないから帰ろうとしていたところへ、一人の男が鼻をおさえながら現れ、奴めがけて駆け寄ってきた。その走り方が尋常ではないので、奴は咄嗟に身の危険を感じて踵《きびす》を返したが、後ろからTシャツを摑まれて引き戻されてしまった。放せ、と叫んで男の腕を振り払うと、奴の目の前に恐ろしい形相が覗き込んだ。何度かここでスノーを売ったことのある白人だった。

「てめえ、何混ぜて売ってるんだよ」

　奴よりも頭一つは背の高い男が怒鳴った。

「どういうことだ」

　奴は惚《とぼ》けた。

「いてえんだよ、鼻の奥がよ」

「吸いすぎたんじゃねえのか」

　男は本当に苦しそうに鼻をおさえている。奴は見ていられなくて視線を逸らしたかったが、でもここで逸らしたら自分の非を認めることになるので、病院でも行ったらどうだい、と他人事のような距離のある声で忠告してみた。

「うるせえんだよ。何混ぜた」

「混ぜちゃねえ」

「混ぜたろ」

「混ぜねえ」

奴はコカインの中にガラスの粉を混ぜて売っている。物は、あまり質のいいスノーじゃないため、ガラスの細粉を適量混入してるのだ。そうするとストローや丸めた紙幣で吸引した時、ガラスの粉が鼻の奥に刺さって、ちょっとした刺激を脳に与えることになる。客は瞬間すごく効いたような錯覚を覚える。上物だという噂が立ち、一時は凄く繁盛したが、前のショバでも同じようなトラブルが発生して命からがら場所を変えた経験があった。

「鼻の奥が、酷く痛いんだ。ちくちくするんだ。奥のずっと奥だ。もう脳味噌に届きそうな場所がよ、ずきずきするんだ。お前のスノーを吸った後必ずそうなる」

「俺んとこのスノーが合わないんじゃないか、エンジェルダストとかスカンクとかケタミンのいいのもある、他のをまわしてやろうか」

「うるせえ、てめえのところで二度と買うか」

「客の体質までいちいち責任持てねえよ。医者へ行け」

奴は最初ハンマーで瓶の破片とかを砕いていたが、それだと粉末が均一に揃わないのと、ガラスが飛び散って集めるのが大変なのとで、結局近くの電気屋で盗んだドリルを使うことにした。それだと、いい感じで細かくなるのだ。

「ブロックで売ってないのも変だ」

「吸いやすいようにしただけだ。サービスだろ」

「うるせえ、なんか混ぜたろ」

「混ぜねえ」

「じゃあ、それを吸ってみな」

白人の男は奴のポケットを指さした。そこには小瓶に入れたスノーが隠してあった。奴の顔はみるみる引きつった。

「吸えよ。俺に売った奴と同じものをよ」

奴は一歩下がった。

「吸えってんだよ」

男は二歩、三歩と近づいてくる。奴には男の鼻の穴が見える。その奥の粘膜に無数に刺さったガラスの細かい破片が、まるで結晶のようにこびりついて、ひしめき合って、きらきらと光っている、ような気がした。

いざというときのための短銃がジャケットの内側に入っていた。こうなったら、それを使うしかなかった。妹の誕生日に間に合うためにも、そうするしかない。どうせこいつはそのうちガラス片が脳に回って死ぬんだ。

公園には幸い人影はない。やるなら、いまだ。奴がポケットに手を入れた時だった。男の方が少し早く紙袋から拳銃を取り出した。そして大きな音が鼓膜を突き刺した。空が見えた。皮肉なほどに青い空だ。それから地面が見えた。水平ではなくて斜めになった地面で、その先へ向かって走っていく男の後ろ姿が奇妙なほど鮮明に見えた。

2

奴は一命を取り留めたが意識は無くなっていた。何ヵ月も病院のベッドの中で死ぬのを待っていた。脳死状態になった、と妹のアニスや姉のモリーは信じていたが、実はまだそうではなかった。意識があった。しかしはっきりとしたものではない。医者が識別できる範囲の意識ではなく、もっと曖昧で輪郭のない……。

人が話す言葉を理解できるというわけでもない。でも脳死というものとは違う状態なのだった。肉体は全く動かなかったし、反応は返せなかったが、声や優しさをなんとなく感じ分けることができる程度の理解力は残っていた。それを死とか生とかに区別するのは医者の仕事だが、まあ、その時奴にはまだ人間としての最低の感情があったのは事実だ。

奴はいつも妹の声を聞いていた。見舞いに来るのは妹だけだった。

「兄さん、待ったでしょ。ごめんね遅くなって」

母親は奴の入院費用を稼ぐため忙しかった。ワイオミングにいるんだから仕方がないが、姉も病院を訪ねたのは事件後一度だけ。でもアニスはほぼ毎日顔をだした。

「兄さん、今日はね、晴れてるのよ。とっても空が綺麗でね、明日からはじまるパレードの準備で街中の人達が外で忙しそうにしている」

最前線の野戦病院のような病室だった。ずらりと並んだベッドの一つが奴の、この世で唯一の居場所となった。

なんとなくだが、妹の声で一日のリズムを感じていた。おはよう、と、あしたまた来るね、が時報のような役割を果たした。しかしその他の、妹がしゃべるほとんどの言葉たちは奴には全く意味を連れては来なかった。しかし意味なんてあってないようなものだ。意味がなくなってから彼は意味を追いかけることがなくなった。

奴は妹の声で一日を感じ、一日を悟り、一日を過ごした。後は残された記憶の中で暮らした。というのも撃たれた時に脳の一部が止まってしまって部分的に細胞が死んだのだ——、その時奴の記憶の半分ほどは消えてしまった。だから奴がいつも散歩にでかける記憶の谷間は奴がまだ七歳とか八歳とかの頃の記憶の断片で、そこは母と父が離婚をする前に暮らしていた南ブロンクスの家とその周辺——せいぜい百五十メートルほどの範囲、の記憶の中の宇宙であった。そこではまだ父が健在で、母とは離婚していなかった。生きていた頃の祖父もいたし、麻薬で後に急逝した兄ルイスも元気だった。そしていつも奴の後ろにはアニスがいた。

ブラウンハウス（戦前からある古いタイプの集合住宅）の三階に彼らは住んでいたが、その辺りの建物はどれもかなり古く、幾つもの非常階段が道に面して突き出ており、それらは幾何学的な模様を描きながら、空へ向かってカクカクと伸びていた。道幅も決して広くはなくせいぜい七メートルというところ。友達もそこそこいたし、懐かしいモノクロ映画のように何もかもがのんびりとしていたし、なによりまだあちこちに希望があった。

奴はブラウンハウスの階段に座って一日を過ごした。というのも、奴の世界はそこから次のブロックまでしか存在していなかった。ブラウンハウスの間に挟まった路地とその左右の十字路まで。さらに厳密に言えば、向かいのブラウンハウスのマーカスの家の一部、ノエルの家の一部、それから取り壊された斜め前のブラウンハウスの跡地とそこから見えるビール工場の敷地まで……。その他は存在していなかった。道の先は谷底へと切れ込み、切断され、暗く沈み込んでいた。底には光さえ届かず、一度軽く覗き込んだことがあったが、それ以降は恐ろしくて突端までは行けなくなった。神の視線でその世界を覗いたなら、彼がいる記憶の街は、まるでグランドキャニオンに聳える一つの地層の山の上にできた世界、といった孤立した空域に見えるはずであった。

だからそこでする遊びにも制限があった。バスケットや野球はボールがすぐに淵から落ちてしまうのでできなかった。スケボーも怖くてできない。当たり前のことだが遠出もできないし、だからブラウンハウスの前の日溜まりで日向ぼっこをするのがいつものお決まりであった。

その世界は穏やかでぎすぎすしていなかったが、それ以上にスリリングなことも起きなかったし、というか、誰もなにも起こさなかった。奴はたいてい、階段のところに座り、通りを眺めて一日を見送った。スノーもないし、エンジェルダストもない、まだジョイントさえなかった。したがって拳銃で撃たれることも、人を憎むことも、疑うこともなかった。

「兄さん、昔のこと覚えているかな。よくわたし兄さんにくっついていたでしょ。どこへ行くのも一緒だったでしょ。うるさがられたけど、わたしは兄さんに感謝してたんだ。いつも遊んでくれて面倒みてくれて連れだしてくれるのは兄さんだけだったから。でも兄さんがコカインを売り歩くようになって、悪い人達とつるむようになって、家に帰ってこなくなって、変な髪形の女たちと朝帰りをするようになってから、わたしはいつも一人だった。兄さんが帰って来るのが待ち遠しかったし、無事に帰ってきてほしかったし、できればまた昔のようにそばにいたかった。もっともわたし兄さんに意見なんて言ったことないよね。だれとも話したことない。兄さんが植物みたいになって口もきけないようになったから、わたしもがんばって喋っているけど、でもこうして話ができることは嬉しいんだ。兄さんがまたそばに戻ってきてくれたようで。わたし、兄さんが元気になるように一生懸命介護するね。だから兄さんは気持ちを楽にしていつまでも生きようと思って下さい」

3

というわけで、奴は朝から晩までブラウンハウスの前の階段に腰掛け、千切れた記憶の街を眺めている。アニスが出てきて横に腰を下ろす。静かな時間だ。幼い二人はなにをするわけでもなく通りの反対側をただ静かに眺めている。何かいいことないかな。子供のころはみんなそんな風に思ったものだ。二人もそう思っている。時間は無限にあった。終わりなんか気にしないでいいほど有り余っていた。アニスは奴の後ろにいるだけで満足だった。奴がそんな小さなことに気づいていたかどうかはわからない。

しばらくすると父親が出てきた。ハンサムでタフで優しい父親だったが、母親とはうまくいっていなかった。父さんはどこか余所に好きな人がいる。と一番上の兄ルイスが言っていたことを奴は思い出した。振り返った父親の顔は逆光の中に隠され、輪郭はぼやけたままだった。

「どこへ行くの？」

父は、友達のところだ、と奴の頭をさすり、アニスのおでこにキスをする。

「ついて行ってもいいかい」

父親は困った顔をする。

「大事な話をしなきゃならないんでね。今度な」

そういうとそそくさと出掛けてしまう。奴は立ち上がり後をつける。アニスも一緒に歩きはじめる。ところが父親は交差点のところで消えてしまう。どことははっきりとは言えない曖昧な空間の中へと姿を隠してしまう。そこは奴の知らない世界だ。大人の世界といっても過言ではないが、奴とアニスには覗くことの出来ない世界。そこにはスノーやエンジェルダストもあるのだろう。母親も兄のルイスも姉のモリーも祖父や近所の人達も大人たちはみんな、その角の先で見えなくなってしまう。なんどか奴もその先へ行こうとしたが、道の先は切れていて、容赦なく切断されていて、そこから奈落がくろぐろと見えた。父や母は奈落へ落ちるのではなく、ふっと異次元へでも通り抜けてしまうようにぼやけた空の先に消えてなくなってしまうのだった。

十字路の切断された道の突端に立ち、奴とアニスは途方に暮れた。考えてみればそれが世界の淵だった。淵の先のことは分からなかったし、つまりそういうものなのだ。幾重にも連なる地層の山が地平線の先まで延々と続いているだけ。グランドキャニオンのど真ん中で四方を眺めているようなもの……。まだ真のアメリカは誰にも発見されてはいなかった。

「この先はどうなっているんだろうね」

アニスが言った。

「知るか」

奴が言うと、アニスは奴の手を握った。奴も思わず握り返してしまう。

「行ってみたいと思う？　覗きたいと思う？　知りたい？」

奴は返事に困ったが、しばらく考えてから首を左右に振った。

「わからない。どうでもいいや」

それから踵を返すと再び元の階段のところに戻って正面のブラウンハウスと、そこから空に向かって伸びる非常階段を見上げた。アニスも例によって奴の横に腰を下ろし、またいつもと同じように足を抱えて、二人の縮まらないが広がることもない兄妹の距離感の中に浸って、のんびりと欠伸《あくび》をした。

「わたしもうすぐ誕生日なんだよ」

小さく呟くアニスの声が奴の耳に届いていたかどうかはわからない。

4

病院から出るとアニスは人通りを避けて歩いた。出来るだけ誰ともすれ違いたくなかったのだ。昔の同級生だとか、親戚だとか、親の関係の人だとか。声を掛けられても返事なんかできないからだった。

だから暗い路地を選んで歩いた。アニスは病院と家との往復こそが人生になりかけていた。家から出ない子だったので、こうして外を歩くと気分が変わった。ブラウンハウスの上に出ている生々しい月だとか、非常階段の上の方から響いてくるクラシックギターの音色だとか。どれひとつとっても新鮮で新しい世界だった。しかしそこは、いつのまにか紛れ込んでしまった十字路の先の世界だということにアニスは気がついていなかった。そこにはスノーもあったし、拳銃もあった。憎悪やぎすぎすもはびこっている。しかし大人になるということはそういうことで、びくびくしながらも歩く外の世界は不思議な緊張感に包み込まれており、アニスにとってまんざらではなかった。

「もしも今、わたしがこのままどこかへ行ってしまったら」

とアニスは考えた。

「もしも今、わたしがこのままどこか遠く、知らない世界へと行ってしまったら、兄はどうなってしまうんだろう」

月に薄く雲がかかっていく。それを立ち止まったまま見上げていた。

「このまま家には帰らず、ブロンクスからどんどん離れていったら、病院のベッドで寝ている兄はどうなってしまうのだろう。でも」

とアニスは胸に手をあてる。

「でも一生兄の介護をしつづけることはできないし、それよりももっと怖いのは兄が不意に死んでしまうこと。そうしたらわたしはこうやって看病に行くという日常を失うだけではなく、長いこと待ちつづけた兄、せっかく戻ってきた兄さえ失ってしまうことになる」

アニスは恐ろしくなって来た道を振り返ってしまった。すると狭い路地の奥から男が近づいてきて、アニスは咄嗟自分でも驚くほど大きな声で叫んだが、その時は既にあらゆることが遅く、そのまま暗がりの片隅でレイプされてしまった。

5

ブラウンハウスの前で、奴は一人だった。アニスの姿を見なくなって幾つもの夜と昼が過ぎていた。だまって奴は通りを見ていた。かわりばえしない世界……。アニスがいなくなって寂しいとは思うが、だからといってどうしようというわけでもないし、どうすることもできなかった。そういえば元気だった頃の、悟るのが得意だった奴の口癖は、そんなもんだろ、というものだった。

誰かが現れると一言ふた言挨拶のような言葉を交わし、時間が、――いや時間というものはここでは動いてはいないし、それほど重要なものではなかったが、それはごく当たり前にここでは止まっていた。一般的に時間は時計を連想させたが、千切れた記憶の街ではひらべったい地面に射した光の輪のように単調で一定で、動かない日溜まりのような存在であった。

母親が中から顔を覗かせる。奴は振り返り、アニスは？　と聞いてみた。

「見かけないね」

奴は小さく頷いた。

母が出掛けていくと、まもなく姉が出てきた。

「アニスを知らない？」

モリーも首を振った。

父や兄にも聞いてみるがだれもアニスのことは知らなかった。このまま、と奴は考えた。このままアニスとはもう会えないのだろうか。毎日そばにいたアニスと会えないのだったら、大切なものを失ったような感じ、それはつまり、死だ、と奴は思った。

しかしだからといってそこから動きだせたわけではない。ちょっとアニスを探しに十字路のところまで行ってはみるが、崖のように切り立った十字路の先を覗いたり、或いはロープでも垂らして底へと勇気を出して下ってみたり、或いはみんなが消える空へ向かって飛び出してみるわけでもなかった。

いつまで待ってもアニスが戻ってこないので、奴は自分が死という断崖に立っていることを思い出した。

「アニス」

奴は恐ろしくなって言葉にした。このままこの世界が、或いは自分が色あせ消えてなくなるのではないか、と不安になったのだった。

「アニス」

　寂しくて、寂しくて、堪らなかった。アニスという響きが病室で寝ている奴の口先からも零《こぼ》れた。それは小さな吐息のような声によってだったが、しかしその時偶然奴のそばには当直の看護婦がいたのだった。看護婦は、奴の口の微かな動きを目撃し、脳がまだ生きていることを発見した。

　すぐに医者がやってきて再検査が行われ、数日後、奴に認識能力があるという新たな見解が下された。

　そのことはレイプの精神的な後遺症と戦うアニスの耳にも届けられた。不意にアニスの絶望的な日々に光が射した。アニスは再び病院へと出掛ける決意をする。

　母に付き添われて病院に着くと、アニスは奴の耳元で奴の名を呼んだ。何度も何度も名を呼び続けた。ブラウンハウスの前で待っていた奴の耳にもその声は届いた。通りの反対側にアニスが立っていた。街路樹の陰からアニスが顔を出し、光の中、手を振っていた。奴は口許を緩め、それから片方の手を少しだけ持ち上げて、やあ、とその弱々しい手を振りかえした。

　銃で撃たれてからちょうど一年後、アニスの二十回目の誕生日に、奴は静かに息を引き取った。奴が二十三年間抱えてきた全ての記憶は閉じてしまったが、しかしだからといって、奴の頭の中にあった世界もそのままごっそりと全て消えてなくなってしまったというわけではない。

グランドキャニオンの険しい古い地層の山の上に、奴の世界はまだきっとある。そこには降り注ぐ温かい光と穏やかな人々の静かな影が伸びている。もちろんブラウンハウスの前の階段には永遠に大人の汚さを知らない純粋な一人の少年がいて、だれもが子供の頃には一度は思ったに違いない、何かいいことないかな、というあの呪文のような言葉をくちずさんでいる。そしてそのすぐ後ろには無口な妹のアニスがいる。

愛という名の報復

Love’s Revenge

テレビはあの日以来ずっと米国同時多発テロに関連するニュースを流しつづけている。どのテレビ局もこの話題ばかりを放映している。私はカウチに座って、ビールを飲みながらそれを見ている。問題なのは、一人で見ているということで、これが事件の全容が次第に明らかになるのと重なり合って、奇妙な違和感を連れてきた。あるべき場所にあるべき物がなくなったマンハッタンの景色のごとく、いるべき場所にいるべき者がいない我が家のカウチの上は、殺風景で物悲しい。

買った時には、二人にはちょっと狭いと感じていたカウチだったが、一人だと、持て余す、という表現がピッタリの居心地の悪さである。イタリー製の革、——牛だったか、バッファローだったかは忘れたが綺麗なベージュ、のカウチを購入した三十年前からずっと私の横には敦子がいた。口数も少ないが、目立たない女で、小柄だし、地味な服ばかり好んで着ているせいもあって、よく商店街の雑踏で見失ったものだ。いなくなっても犬のように、待っていれば匂いを嗅ぎつけてちゃんとどこからともなく現れる。

敦子は、いついかなる時も私の横にいたし、乳母のようにあらゆる世話をしてくれた。この三十年間一度もそのことで礼を言ったことはなかったが、私は敦子無しでは生きてはいけないことをよく心得ており、言葉にせずとも圧倒的な信頼関係があるものと信じて疑わなかった。

物書きなんて因果な商売をしている私の愚痴、——どこどこの文芸評論家は本が読めない、だとか、どこどこの出版社は払いが悪いなどという、たわいもない雑言に反論もせずに付き合ってくれた。おかげでこちらは三十年にも及ぶ文壇生活をなんとか乗り切ることができてきたというわけだ。

私に二十年来の愛人がいたことがばれたのは、米国同時多発テロが起きてまもなくのことであった。四十八歳になる悦子がなんの前触れもなく戸口に姿を現した時、敦子はカウチの私の隣でお茶をすすっていた。悦子の口より、なにやかやが切実に語られ、寝耳に水の敦子はそれを黙って聞いていた。二十年も愛人であることを我慢してきた悦子が、不意に我が家に押し寄せた理由の一つが、かのテロ事件であったことは明らかで、ハイジャックされた民間機がビルに突っ込むそんな恐ろしい時代に一人で生きていくのが辛くなった、とぼそりと零《こぼ》した。

深夜までに悦子の口上もおさまり、一応の幕となったが、私は生まれて初めて敦子が今その時に何を考えているのか、が気にかかった。敦子はやはりいつものように顔色一つ変えることはなかった。作家の妻なのだ、このくらいの出来事で一々驚いていてはやってはいけない。彼女は、そんなことを思っているような表情で悦子の話を聞いていたので、私は幾分安堵《あんど》し、じっと様子をみていたのだが、翌日予想外にも妻は姿を晦《くら》ませた。

昼飯の時間になっても、呼びにこないので不審に思いキッチンを覗き込むと、作り置きされたチャーハンだけがポツンとあって、仕方なく私はそれをチンして食べた。そわそわしていると暗くなりはじめた頃に、仕事部屋のファックスがカタカタと音をたてて、彼女からのメッセージを流しはじめる。

『冷凍庫の中に、小分けした白ごはんをラップしてあります。棚に酒のつまみになるような缶詰が買い置きしてあります。あなたの好きなニシンは売り切れでしたので、サバの味噌煮と帆立の缶詰を買ってあります。洗濯機の中の、洗濯済みの衣類は早めに乾燥機に入れて乾かして下さい。やり方はすごく簡単で、これっきりボタンというのを押せば最後までやってくれます。面倒でも、きちんと乾燥させとかないと後で部屋中が臭くなりますよ。白洋舎にワイシャツを出してあって、明日それをいつもの方が届けにきます。受け取っておいてください。私は思うところがあり、しばらく家をあけます』

文面から彼女の気持ちというものを私は私なりに読んだ。二十年も騙され続けてきたショックというものは相当なようで、それがよく伝わる簡潔な文であった。というわけで私は結婚してからこの三十年間、一度もしたことがなかった洗濯というものをやるはめになる。料理というものは出来なかったので、近くのコンビニで弁当を買って凌《しの》いだ。悦子のところへ行けば、彼女が今まで敦子がしてくれていたことをやってくれるのは分かっていたし、悦子はそうなることを望んでいるはずだったが、どうしてだろう、カウチに残った敦子の尻の跡ばかりが気になって仕方がない。それはこの三十年間を物語るに充分な歴史的な円形を成しており、見事にそこだけが雄弁に凹んでいた。

悦子は悦子で、妻のある男を好きになり、人生の大半を日陰の身として生きてきてしまったのである。高層ビルが崩壊していく絵を見て、自分はこのままではいけない、と気がついたのだと涙を浮かべながら私と妻に訴えた。しかも悦子はこの二十年間、敦子の話を私からつねに聞かされており、悦子にとって敦子は小説家の妻の鑑《かがみ》なのであり、尊敬と嫉妬の両面が入り交じって複雑な存在であった。あと二年で五十歳になろうかという焦りも悦子にはあった。ここまでやってくるにはそれ相当の決意がなければできなかったはずで、それを誰も責めるわけにはいかない。

『毎晩、夢の中で私は、崩れかかったビルの中に埋もれて、必死で助けを求めているんです。私だけがあの摩天楼の瓦礫の中にいる。まだ奇跡的に生きているけれど、早く発見されなければもうじき死ぬ。私ではなく、誰か別の人を探している……。先生の名前を呼ぶのに、先生は安穏とした光の中に立っておられる。夢から覚めると、いつだって私は一人で、独りぼっちで、恐ろしくなり、これから一生この寂しい夜が続くのかと考えて、泣きました。先生の傍にいたいのに、先生の傍には行くことができない』

悦子の訴えを敦子がどのような気持ちで聞いていたのか、想像しただけで目眩《めまい》が起き、私は不意にあのテロ事件さえ起きなければこのようなことにはならなかったのだ、と苦虫を嚙んだ。三人が向かい合っているその瞬間もテレビはアメリカのテロのニュースを伝えていた。世界にとってかつてないほどの重大事件が起きているというのに、私は私の足元がぐらつき今にも崩れそうで、それどころではない。六十五歳にもなって、このような事態が起きるなどとは想像だにしなかった。

数日後、世界は膠着《こうちゃく》したまま、いつアメリカの報復が開始されるかという話題で持ちきりであった。私は一人、カウチに腰掛けてテレビ画面を見ていた。自分に降りかかっていることと世界に降りかかっていることを同質で眺めることなどできないはずなのに、世界の痛みを見つめることで、自分の痛みが緩和されていくような不思議な安堵を覚えてならなかった。二度目のファックスが流れてきたのは、明け方のことである。

『植木に水を与えてください。黒竹は毎日水を与えてください。ベランダの観葉植物は一日置きでも構いません。サボテンにはあげないで。あげても土を湿らす程度です。どうか枯らさないでください。植物は話しかけないと、孤独を感じて枯れていきます。時間のある時に、何か言葉を投げかけてあげてください。おはよう、とか、おやすみ、でもいいのでコミュニケーションを取ってあげてくださ い。向こうはあなたのことをよく知っています。いつもあなたを見ているのですから。よろしくお願いします』

私は深夜、植物たちに水を与えた。言われたとおり、サボテンには与えなかった。その代わり、おやすみ、と一言告げた。腰を屈め、サボテンの頭部と思われる辺りに声を掛けた。口にした後、その馬鹿馬鹿しさに苦笑さえ起きたが、それがせめてもの償いだと思い、実行した。妻はいつもこんな風に彼らに寂しく話しかけていたというのか。私は一度も彼女が植物と会話をしているところを目撃したことがない。彼女の生活時間と私の生活時間が微妙にずれていたせいもあるだろう。

耐えられなくなり、私は翌日の夜、悦子のところを訪ねてしまった。妻が出ていったことを告げると、なぜか悦子は泣いた。そうすることしかできない、とでもいうように声を出して泣いた。泣く奴があるか、と言い、背中を摩《さす》ると、彼女はいっそう激しく泣きだした。居たたまれなくなり、来なければよかった、と後悔をする羽目になる。

「私、先生を苦しめたかった」

悦子はしばらくしてからそう告白した。言葉は乾いた室内にあって、そこだけ湿った雨雲のようにぽかりと浮かんでいた。背中を摩っていた手が止まる。

「もうどうしていいのか分からなくなった。だって、このままいくと、私はおばあちゃんになってしまう。いいえ、もうおばあちゃんだもの。子供もいないし、あなたもいない。一緒にいるときは幸せだし、あなたの本を読んでいる時は嬉しい。でもあなたが死んだ後、あなたのお墓を守るのは私ではない。あなたのお墓に一緒に入るのも私じゃない。私は一人でしょ。先生がそのドアを出ていく度に、私は寂しくて泣いた。先生には帰るところがあって、待っている人がいて、私には帰るところもないし、待っていてくれる人もいない。だからいっそ、無理心中を図ろうか、とも考えた。先生を殺して私も死ねば、天国では一緒にいられるもの。でも先生は天国へ行って、私は地獄かもしれないでしょ。それじゃあ、あんまりだって考えを改めて、結局先生を殺せなかったんです」

二十年前、悦子とはじめて関係を持った時はさすがに敦子に対して後ろめたさを覚えた。参加していた同人誌に小説を投稿してきた悦子を朗読会か何かの会場で、知り合いの作家だったか、編集者に紹介され、まっすぐな視線と純粋な笑み、それから若々しいものの考え方に興味を覚え、小説の書き方を教えるふりなどをしながら時々二人で会うようになるが、こうなることを予感してか、一度も敦子には紹介したことがなかった。肉体関係をもった時も、正直これほど長く関係が続くとは思いもしなかった。まして私には愛人をもつほどの甲斐性もなく、ついてくるなら勝手についてくれれば、という程度の冷めた関わり方であった。それでも私の書くものに多少の興味があるのか、悦子は私からいつまでも離れなかった。悦子との関係は刺激がある一方、度を過ぎればエキセントリックなものとなった。最初の数年は、向こうもまだ二十代だったし、制限時間内の恋愛だろうと高をくくっていたのだが、十年、十五年と関係が続き深まるにつれ、腐れ縁とでもいうべき繋がりが強くなりすぎて、身動きがとれなくなってしまう。五十歳近くになるまで私一筋で生きてきてしまった悦子をいまさら、捨てることもできない。かといって、何も知らずに尽くしてきた敦子を追い出すことなど絶対にできない。敦子が埋められなかった溝を、悦子が快活に埋めてくれ、悦子が満たせなかった穴凹を、敦子はこつこつと塞いでくれた。

散歩に出掛けてくるといい、私は悦子の家に行き、そこで半分の時間を過ごして、また敦子の元へ戻る日課が、信じられないことに二十年も続いてしまったのだった。二十年と一口で言っても、それは赤ん坊が成人するまでの時間である。長すぎた。どうして今まで誰もへまをしなかったのだろう。もっと早くにボロが出ていれば、なんらかの修復は可能だったのに。今更、どちらを選択するか、という段階はとっくに過ぎている。

気掛かりなのは、この二十年間、三人の中でただ一人、この事態を把握していなかった敦子の現在の精神状態、——二十年分のしわ寄せを一気に味わっている敦子が今どういう気持ちで生きているのかを、私は珍しく神妙に考えては憂鬱になった。

「でも先生を苦しめるつもりもなかった。矛盾してるでしょ。だって、これは愛なんですもの」

悦子は自分がしでかしたことの責任を感じていたが、私は、それはお前のせいではない、と言い、更に、自分が優柔不断なせいだ、と付け足しながら、頭を抱えた。一方で、このまま敦子が戻ってこないようなことにはならない気がしているのも事実だった。彼女が自分から離れて生きるということなど、想像もつかなかった。だから呑気に構えていられたのかもしれない。愛人が現れたくらいで揺らぐような夫婦ではない、という自負もどこかにあった。何故、そんな自負があったのか。そんなものは幻想にすぎなかったと思い知らされた時、私ははじめて自分の愚かさに泣くこととなる。

敦子には佐賀に姉が一人いた。彼女がそこにいることは、ファックスに印字された番号からも明らかで、何度も連絡をするべきか迷っては止めた。まだ、事態を完全に飲み込むことができず、彼女なりの混乱をしている時期だろうし、周りは全員敦子の味方だから、下手に電話を入れて、文句を言われるのも辛かった。実際、自分もどうしていいのか分からないのである。敦子も悦子もどちらも愛している。どうすることもできない問題というのもある。あまりにも時間が経ちすぎている。一年や二年ではなく、三十年とか二十年とかいう時間の長さである。結論を導き出すにもそれ相応の時間が必要だった。

『私はあなたと別れようと結論を出しました』

あの日から二週間ほどが経った日に久しぶりのファックスが入った。

『いろいろと考えたのですが、二十年もの間、騙されていたという事実をどうしても許すわけにはいかないのです。二十年気がつかなかった私にもあるいは責任があるでしょう。でもやはりどうしても納得いかないのです。それに悦子さんでしたか、あの方のことも考えました。あなたを慕っての二十年、それは長い道のりだったと思います。気がつかなかった私はまだいい。でもその方は二十年もの間、自分を殺して生きてきたことになりますね。私だったら、とても持たなかった。その方と最後の人生を生きてください。私は大丈夫です。まだ六十歳だし、誰かを探します。荷物や何やらの手続きは少し落ちついたら、姉にでも頼んで取りにいってもらいます。長い間お世話になりました。最後に、私からお願いがあります。玄関のくつ箱の上に並べられた全作品の初版本ですが、あれは全てあなたから出版の折に私が頂いたものです。私宛のサインがしてあります。それは出来れば全てが片づく前に、私のところに送って下さい。あなたとの思い出を全て失いたくないし、それらは私の宝、――あなたとともに考え悩み走ってきた私の人生の証でもあるからです。特に、処女小説の中には一葉の写真が入っています。交際間もないころに、二人で逗子《ずし》に旅行をした時のものです。覚えていないでしょうが、三十年も前のものです。悦子さん同様、私にも辛い時はありました。あなたはあまり私のことを見てくれなかったから。私は必死であなたにくっついていきました。文壇の何やらの会や集まりなどというものに連れていかれた時も、賑わう人込みの中、あなたを見失わないように必死だったのです。作家の妻たるもの、こうでなければならない、と言われないように、大先生たちの前ではそれこそ気を沢山つかいましたし、また言葉づかいについても注意し心掛けました。ほめてもらいたい時もあったけれど、ついぞ、ありがとう、の一言は聞けませんでしたね。そういう時、私は掃除の合間なんかに、そこに挟んであった一葉の写真を見ては、あの頃の気持ちを思い出し、自分に活を入れて頑張ったものです。でももう頑張る必要もないんだ、と思えば、不思議なことですが、楽になります。

尽くしてきたとは思わないし、そんな偉そうなもんではないけど、私なりにあなたをお守りしてきたつもりでした。最後がこのような裏切りで幕切れになるかと思えば、悔しさもありますし、人生を呪いたくもなります。でも少なくとも今はあなたと生きた美しい部分だけを見て生きていこうと決めました。そうすることが、自分へのご褒美であり、あなたへの報復だと思うからです』

考えてみれば、妻のこれほどまでの意見というものを聞いたことがなかった。社会の出来事に関しても、一つ一つの私の発言に対し、静かに頷くだけの遠慮の塊で、この三十年間、内に対しても外に対しても愚痴らしいものは一つもなかった。しかし私の前では決して見せなかったが、その裏側には彼女なりの愚痴があったようだ。相当あって当たり前である。ここに記せないくらいの意見がこの紙切れの裏側に、無限に眠っていることが想像できる。

私は玄関まで行き、埃を被った作品の中からデビュー作を手に取った。表紙を捲《めく》ると、確かに写真が挟まっている。白黒の写真で、まだ若い私と、ホッソリとした妻が写っていた。敦子は笑っているではないか。妻の笑顔というものを、もう何年も、いやこの三十年間、見たことがなかった。こんな顔をしていたんだ、と思わずじっと見つめてしまう。出会った頃の初々しい二人が記憶の銀幕に立ち現れる。誰にでもある懐かしい思い出というものである。写真を見つめている私の目頭が不意に熱くなって、泣きそうになった。

悦子と知り合ってから、私はどこかで敦子との別れを意識しはじめており、それが当然態度になっては冷たく出た。鋭敏に感じた敦子はある時から笑うことを失ったのだろう。それでも文句一つ言わず、私を支えてくれていたことは確かで、私は大変なものを失ってしまったのだ、とその時はじめて後悔をした。

愕然と肩を落としたままカウチに腰を下ろし、ふと見ると、そこには妻の尻の跡があった。手で触ってみると、温もりが残っているようにも感じられた。三十年間も連れ立って生きてきたのだ、情の深さは計り知れない。いるべき場所にいない、というだけで、私は自分を失いそうになる。虫のいい話だが、その時にやっと妻の大切さが身に沁《し》みた。妻はもう戻らなかった。そういうことを想像さえしたことがなかったので、いなくなる、という事態をいつまでも飲み込むことができずに、暮らすことになる。それまでずっと一緒に暮らしてきたものが、死ではなく、遠ざかるということを考えたことがなかった。何故、お前はここにいないのだ、と風呂上がりの誰もいない部屋に向かって声を張り上げる危険な時間だけが、私を待っていた。妻に会いたいという気持ちが膨らみ、私はそれを癒すために、妻の残していったカウチの尻の跡を摩って生きることになった。

アメリカ軍がアフガニスタンのタリバン政権並びにビンラディン氏への報復攻撃をはじめた頃から、世界は暗い影に包まれていく。航空会社が潰れ、株が下がり、幾つかの企業が倒産をした。タリバン政権が崩壊し、アフガニスタンに新政権が樹立された後も、世界の経済は生き残ったテロの脅威におびえ続けることとなる。ビンラディンの死後、テロリストの報復が再びはじまり、世界は次第に体力を低下させることとなった。その余波は日本の銀行などへも飛び火して、世界同時金融恐慌を招き、それがさらなる倒産を呼んだ。私は当時、個人的に報復には賛成だったが、後にそれで良かったのかと疑問を感じることとなる。イスラム諸国の間に、キリスト教社会への憎しみが増大し、それは資本主義国家への憎悪へと結びつき、かつてなかった構図の戦争、いや似ているとすれば、中世の十字軍とイスラム社会とのあの世界を二分した対立がはじまり、当然、アメリカの傘の下にある日本も標的となった。米国同時多発テロから丁度一年目、イギリスで大規模なテロが起きた。しかもそれらは生物化学兵器によるテロとなり、何万人という罪もない市民が一瞬にしてこの世を去った。イギリスでのテロの報復のために、新たなイスラム原理主義過激派の首謀者がお尋ね者となったが、世界の大半はこの後戻りできない状況にうんざりしていた。うんざりしていても、恨みは恨みでしか返せない事態になっており、血は血で洗われた。皮肉なことに、世界中が戦争状態に突入しても、新政権下のアフガニスタンでは戦闘が永続していた。アメリカ兵の死者もベトナム戦争を上回る数に上っていたが、それでもまだ国土のほとんどが山岳地帯であるアフガニスタンを制圧することができないでいた。自衛隊からも死者が多数出つづけ、日本は法律を幾度も弄《いじ》りなおし、ついには自衛隊という呼称さえも消え、平和憲法は消滅し、日本は軍隊を持つこととなる。そしてついに核兵器が使用された時、もう誰も海外旅行へ出掛ける者はいなくなった。狂牛病も、クローン人間も、地球温暖化も、いまや大問題にはならなくなっていた。世界はかつての繁栄が嘘のようにしんと静まり返って、国家間の人間の交流は途絶え、経済は混沌とし、飢餓者は億単位で増殖し、国連は意味を喪失した。

私は、世界貿易センタービルにテロリストが飛行機で突っ込まなければこんなことにはならなかったのに、と毎日、口癖のように呟きつづけた。敦子の尻の跡は、年月のせいで凹みが薄れ、まっ平らになって消えようとしていた。或いは私が寂しさの余りそこを撫ですぎたせいもあっただろう。

私の前から姿を消したもう一方の悦子はたまに手紙をよこしたが、そこに書かれている思い出はどうしても私の中の半分の思い出にすぎなかった。彼女は五十歳の時に書いた『先生の愛人』という作品が新人賞を取り、それが文壇にスキャンダラスな話題を提供して、一躍時の人となった。長いこと私の文体を模倣してきた一つの成果であったが、私のことを滑稽に描いたその作品は、形を変えた彼女なりの報復と言わざるをえない。それが芥川賞の候補作となった直後、彼女は私との日々を続編としてさらにまとめ、恐ろしいことに、血で血を洗う道を選んだ。愛情の裏返しだとは分かっている。私をいつまでもつなぎ留めたいと思う、彼女なりの表現なのだと分かってもいる。でもどうしても、その文章の稚拙さにだけは憤りを覚えてならないのだ。こんな駄文を書かせるためだけに私はお前を愛したのではない。その駄文がこともあろうに、私が選考委員を務める文学賞の候補作となって、私が選考委員を突然下りたものだから、意地の悪いジャーナリズムの批判の的となり、周辺の編集者の欲しくもない慰めを受けることとなった。

とはいえ、このようなくだらない世界が横行しても、私はまだ生きていたし、希望を捨てているわけではなかった。いろいろな制度が崩壊し、秩序が乱れ、ルールが意味を成さなくなっても、文学はなくならなかったし、文壇との付き合いを離れた後も、私は書くことを止めなかった。

私はなんとか余生を渡っていた。離婚から十年が経ち、七十五歳を数えてもまだ、書くべきことはあったし、書きたいという衝動もなくなることはなかった。希望を捨てないことが唯一の救いでもあった。どんな時でも、それさえあればなんとかなる、と言い聞かせて日々を渡っていたように思う。それさえあれば、いつか人類はまた平和を取り戻すことができるのだ、と。それまでは書きつづけよう、と誓った。書くことが、今自分がつかむことができる、もっとも現実的な存在の証でもあったのだから。

私の日課は、植物に水をやることからはじまり、彼らに、お休み、と言うことで終わった。今や植物に水をやるという行為無しでは一日ははじまることはない。洗濯や自炊のお蔭で、私は日常をより豊かに楽しむこともできるようになった。近所のスーパーに買い物に行き、五時からセールを心待ちにしているささやかな幸福は、作家的野心に燃えていた頃にはなかった。これらの真実、――言うなれば人間らしい幸福というものは、全て敦子から教わったことになる。

私の作風は変わり、かつてのような大風呂敷を広げた派手で気負ったものではなくなり、清貧でディティールにこだわる小品になった。原稿料などまともには得られなかったし、ほとんどの人にとって読書をするゆとりなど消え失せたこの世界では、もはや他者のための創作など誰も必要とはしなかった。いや、だからこそ、文学が大事だと、文学がある、とはじめて気がつくこともできた、――皮肉である。

そう、気がつかせてくれたのは、誰あろう、敦子であった。そもそも私にとっては、敦子がずっと第一の読者であり、彼女を失ってからは誰かに読んでもらいたい、と思って書くこともなくなっており、文学の意味も変質した。

私はカウチに座ってビールを飲み、テレビを見ながら、いるはずもない隣の席の敦子に向かって話しかけていた。時々、サボテンや黒竹が私の哀れにこっそりと涙を流してみせたが、私は妻の思い出に語りかけるのを止めなかった。

私は常に酩酊していた。ビールをしこたま飲み、その後にカウチに座ってテレビを眺め、ビールが切れると、出版社から御歳暮で貰ったウイスキーを嘗めた。相変わらずテレビの中の話題は世界中で繰り広げられている戦争のニュースばかりであった。あの日から、この闇は続いていることになる。世界はあの時、間違えた次元へと足を踏み外してしまったのだ。何かの勢いで、みんな一緒に落下の、没落の、道を選んでしまうことになった。その無謀を誰も止めなかった。こうなることは分かっていたのに、誰も冷静にならなかった。言葉上の正義ばかりが先走り、秩序の回復ばかりが叫ばれ、本質へは誰も目を向けることはなかった。それで結果、世界中が報復の攻撃対象になってしまい、私は一人で寂しく生きることになる。

風の強い日だった。窓を開けっ放しにしていたので、戸がかたんと風で閉まったのだと思った。隣に誰かが座った。酔ったせいもあった。テレビ画面からすぐに視線を逸《そ》らせなかった。いつもの幻影だろうと思った。

「許してあげるわ」

敦子はそう呟いた。私は画面からやっと視線を離し、隣席の女性を見つめた。言葉などすぐには出てこない。でも、長い十年だったけれど、希望はまだ捨てずにとっておいた。それがこのカウチであり、それが彼女が座るべき場所、いるべき場所、である。その一席だけあれば、充分だった。あなたが座れるスペースさえあれば、世界はまた元に戻ることができる……

「だって、許すことしかもう残ってないでしょ」

彼女はコートを着たまま、まっすぐにテレビ画面を見つめ、そう付け足した。

私はまずウイスキーを一口嘗めてから、この十年何事もなかったかのような顔をして、おかえり、と告げた。それから二人で昔のように、朝までテレビを見た。

解説――「愛」と「恋」の組曲

高野《たかの》庸一《よういち》
（文芸評論家）

君は今どのような恋をし、かつて異性との愛の営みをもっていたのだろう。あるいはあなたがあこがれるのは、どのような恋愛のかたちなのか。私たちにとって、このうんざりする世の中にあっても、だからこそ一番心をそそるのは、なぜか恋愛の当事者になることである。ウソかホントか、汚濁、混迷する社会にあっても、二人の関係は純であることが信じられている。知り合って、憧れて、優しくされて、ときめいて、ある時好きになったら、他の人には見向きもしなくなる。このような恋愛欲望を、老いた人も恵まれて充足期にある中年男女も青春を生きている若者も、手放さない。高齢だからといって、「好きになること」を棄てられないのは、人は年齢に関係なく、それぞれにさびしいからかもしれない。なぜか、いつも私たちは、親密な人間関係を求める「人間こじき」であり、恋をしにいきたいと発情する「性の飢餓人」であることをやめられない愁《うれ》い人だからだ。

私たちは一人では生きていけない関係の生き物であり、その中心には男と女の仲がある。

『目下《もっか》の恋人』は、物語性の豊穣な長編作家である辻仁成の初めての短編恋愛小説集である。彼の長編小説は、まるで作者と創り上げつつある物語が、お互いに殴りあいながらフルマラソンをゴールへ向かって全力疾走しているような趣があるのだが、この短編集は、恋の行く末を作者の手のひらに乗せて転がしているような安定感がある。どの短編も必死に相方を慕う、そのけなげさから生まれるせつないほどの愛惜が音楽となっている。ハッピーエンドはない。彼の小説の特徴は、絶望への奈落を描きながら、その中心にいつか遠い先の希望が輝いていると ころである。本著には、恋愛の定型のほとんどすべてが書き込まれている、といっていいだろう。仮面恋人、同時多発テロと離婚、愛人からの復讐、いつも不倫、純愛、離婚を埋め合わせる恋、多情女の男遍歴、兄妹愛等々。私自身の体験を重ね合わせて、本著を読んでみても、恋愛はいつも、別れと破綻《はたん》を結果している。

表向きの男と女の別れる理由付けなどほとんど詭弁《きべん》である。別に相方が悪いわけでもないのに、別れがあり、そして次の日には性懲りもなく新しい恋を求めているのだ。私たちは「恋愛」ということばを平気で使っているけれども、もしかすると「愛」と「恋」が異質なもので、それに折り合いがつかなかったり、対立したり、誤解したり、齟齬《そご》が生まれてしまうからではないか。不倫相手の上司は〈好きだよ、とは言ってくれるが、愛しているよ、とは言ってくれない〉（「偽りの微笑み」）。「恋」は具体的な性と深く結びついている。セックスを媒介にしない限り成立しようのないものである。プラトニックといったって、頭の中はセックスのことでいっぱいなはずである。「偽りの微笑み」の主人公は、不倫の後ろめたさからくる「愛の不在」を〈セックスだって悪くはないけど、今日はキスだけでいいやって思ってしまうほど、彼のキスは素敵〉と具体的な性行為の充足、彼の性技の上手さによって補っていることは、別にすり替えでも欺瞞《ぎまん》でもなく、睦《むつ》み事のごく自然な振る舞いである。しかし、これは「愛」ではなく、「恋」と呼ぶべきものである。

男と女という「性的対《つい》」は、いつもリビドーという内側に向かう性運動であることから免れることが出来ない。身体的な性への没入は、いつも二人だけの閉ざされた時空のみで成立し、そこでは外側の世界は関係ない。裸になって抱き合うなんて、こんな無防備な危険極まりない行為を私たちは平気でおこなっている。「愛」しているから、無原則な信頼を相手に寄せているからだって、そんな馬鹿な妄想があるか。「偽りの微笑み」の、妻子もちの上司が〈好きだよ、とは言ってくれるが、愛しているよ、とは言ってくれない〉のは、ここには「恋」があっても「愛が不在」、相方が恋愛の不成立を知っているからであり、それでは結婚ということによって「恋愛」は成就されるかといえば、違うという物語である。「恋」の相方は、善良な市民ではあまりふさわしくないのかもしれない。どんな悪役でも、禁治産者でも、社会的無能者でもかまわないのだ。そんな社会的不適者のほうが、内向する性がより強く燃えることでふさわしいとすらいえる。相方が自分の性的欲望と恋心さえ満たしてくれれば自分にとって不足はない。しかし、人格に価値を置いている「愛する人」は、それでは困るのだ。恋する自分は、地獄の底まで連れ添っていくし、命を投げ出して心中する事だっていとわない。「恋する人」は、相手に寄り添って、世界の果てまで同伴することも可能である。その過程で「愛」は介在するかと問えば、もちろん可能なのだが、その場合の多くは「愛」によって、世界の果てまで行くという、このばかばかしく無意味な行為はただ放棄されることになる。だから、男と女の「愛」の物語は、面白くもないから小説にはふさわしくない。恋愛小説は、「愛」と「恋」が結び合った幸せな内容ではなく、おおむね恋の道行きの物語であって、本著もその例外ではない。

「偽りの微笑み」は、不倫関係にあるときだけ、狂気的輝きを放出しているのだが、二人が結婚したとたんにその光はうしなわれることになる。それは「愛」の獲得と逆の帰結になっているのは当為といわざるをえない。

連作「青空放し飼い」「王様の裸」の男女は、小説に描かれると必然性があるのだが、世間知からみればとんでもないペアーである。沖縄の離島のビーチでヒッピー的テント暮らしをする二人である。夫子を棄て、預金とともに男と逃げ出し、その男とも簡単に別れて、禁治産者的放浪青年の後を追い続ける二十四歳の主人公の性は自由奔放に映るのだが、単なるセックス好きの淫乱女とは感じられない。それどころか、どこか哀しみすら漂っているのだ。そのせつなさは、騙されていると知りながらも追いかけていく女の愚かさから浮かび上がってくるのではなく、この二人の「恋愛」の間の「愛」の不在に対して、それを「恋」の行動で埋めようとする努力の、むなしくてはかない努力の切実さから滲み出しているのである。せつなく、悲しいのは「恋＝愛」ではなく、二人の間の「愛」の不在によって、「恋 vs.愛」という矛盾した袋からこぼれだした雫《しずく》だからである。

結論からいえば、いくら恋人同士が永久《とわ》を誓い、添い遂げる赤い糸を信仰していても、恋愛という、本来がいったいであるはずの思想が、まるで違っている以上、残念ながらいずれ破綻すると思っていい。君やあなたの恋が、順風満帆であるように見えても、いつかある時期に破局を免れないだろう、と思ってもいい。「愛」という理性領域の、高い人間性が要求される事柄と、「恋」という感覚領域の、性を媒介にした内的な越境行為の狭間《はざま》で、私たちの恋愛は右往左往しながら、折り合いをつけようとだれも彼もが苦しんでいるというのが本音だろう。それでも駄目なのは、純粋な性と理性で結ばれた個人と個人の対の関係性の獲得は、つまり、完璧な恋愛は不可能なのだ。私たちは完璧な人間性をもっていないからだ。個人の個性が、相方のそれと完全に重なるような幸福な関係の獲得は不可能である。『目下の恋人』のすべては、恋愛の過程と破綻の物語に他ならない。そこでは破綻、そのとことんまでの深化こそが求められているのかもしれない。だからこそ9月11日の同時多発テロの成り行きと自分の離婚問題を同時進行させて、「世界の果て」を描いた辻仁成自身の体験であろう私小説「君と僕のあいだにある」が出色の出来だといえる。ここには離婚理由として俗耳《ぞくじ》に入りやすい、「性格の不一致」という別れの理由付け（初めからだれだって、性格が一致しているペアーなど存在しない）を拒否して、無能な自分を晒《さら》すことによって、「恋愛」の不可能性を活写しているのだ。本著の全編に流れるのは、「愛」と「恋」をめぐる様々な組曲である。それはどれも、美しい破局を、あるいは破綻を予感させるような悲しくもけなげな調べである。

本著の中で、恋愛の優れたかたち、共白髪になるまで「恋＝愛」を貫いている関係が例外的にひとつだけ置かれている。「目下の恋人」、ネネちゃんはとてもけなげに「恋をする人」であり、ヒムロは「愛を生きようとする人」であるために、二人の関係はいつもすれ違いに終わるしかない。二人は、ヒムロが育った海岸に建つ祖父母の家に向かう。祖父母たちは、結婚という制度を否定し、今の此処を、「愛」と「恋」を重ねながら、その実存の時間を「奴隷のような男女関係」から遠く、共白髪になるまで当面の「自由」を生きてきた。それは「恋＝愛」ということであり、本著のテーマである〈一瞬が永遠になるものが恋、永遠が一瞬になるものが愛〉ということである。

2002年１月　光文社刊

初出一覧

優しい目尻　書下ろし
目下の恋人　書下ろし
君と僕のあいだにある　『新潮』2001年11月号
バッドカンパニー　『鳩よ！』2001年６号
好青年　『The Slices of The U.S.A.』1998年１月10日刊
偽りの微笑み　『女性自身』1999年８/10号〜８/17・24号
青空放し飼い　『女性自身』2000年８/１号〜８/８号
王様の裸　『女性自身』2000年10/17号〜10/24号
世界の果て　『Wasteland』1999年夏号
愛という名の報復　『辻仁成の貌』2001年11月30日刊

光文社文庫

目下《もつか》の恋人《こいびと》
著者　辻《つじ》　仁《ひと》成《なり》

2005年7月20日　初版1刷発行
2006年8月20日　4刷発行

発行者　篠原睦子
印刷　堀内印刷
製本　ナショナル製本

発行所　株式会社　光文社
〒112-8011　東京都文京区音羽1-16-6
電話　(03)5395-8149　編集部
8114　販売部
8125　業務部
振替　00160-3-115347

落丁本・乱丁本は業務部にご連絡くだされば、お取替えいたします。
ISBN4-334-73903-2　Printed in Japan

お願い　光文社文庫をお読みになって、いかがでございましたか。「読後の感想」を編集部あてに、ぜひお送りください。

このほか光文社文庫では、どんな本をお読みになりましたか。これから、どういう本をご希望ですか。どの本も、誤植がないようつとめていますが、もしお気づきの点がございましたら、お教えください。ご職業、ご年齢などもお書きそえいただければ幸いです。当社の規定により本来の目的以外に使用せず、大切に扱わせていただきます。

光文社文庫編集部

ミステリー文学資料館編　傑作群

幻の探偵雑誌シリーズ

1　「ぷろふいる」傑作選
2　「探偵趣味」傑作選
3　「シュピオ」傑作選
4　「探偵春秋」傑作選
5　「探偵文藝」傑作選
6　「猟奇」傑作選
7　「新趣味」傑作選
8　「探偵クラブ」傑作選
9　「探偵」傑作選
10　「新青年」傑作選

甦る推理雑誌シリーズ

❶「ロック」傑作選
❷「黒猫」傑作選
❸「X（エックス）」傑作選
❹「妖奇」傑作選
❺「密室」傑作選
❻「探偵実話」傑作選
❼「探偵倶楽部」傑作選
❽「エロティック・ミステリー」傑作選
❾「別冊宝石」傑作選
❿「宝石」傑作選

光文社文庫